TIANXING SHIKU

天星诗库

天星诗库·新世纪实力诗人代表作

慢火车

路也 著

路也诗选

山西出版传媒集团 北岳文艺出版社
BEIYUE LITERATURE & ART PUBLISHING HOUSE

·太原·

图书在版编目(CIP)数据

慢火车 / 路也著 . — 太原：北岳文艺出版社，
2019.10
ISBN 978-7-5378-5967-7

Ⅰ.①慢… Ⅱ.①路… Ⅲ.①诗集－中国－当代
Ⅳ.① I227

中国版本图书馆 CIP 数据核字（2019）第 149344 号

慢火车

路也◎著

//

出品人
续小强

策划
王朝军

责任编辑
赵　婷

书籍设计
张永文

印装监制
巩　璠

出版发行：山西出版传媒集团·北岳文艺出版社
地址：山西省太原市并州南路 57 号　邮编：030012
电话：0351-5628696（发行部）　0351-5628688（总编室）
传真：0351-5628680
网址：http://www.bywy.com　E-mail：bywycbs@163.com
经销商：新华书店
印刷装订：山西人民印刷有限责任公司

开本：787mm×1092mm　1/32
字数：116 千字
印张：6.5
版次：2019 年 10 月 第 1 版
印次：2019 年 10 月山西第 1 次印刷
书号：ISBN 978-7-5378-5967-7
定价：38.00 元

目 录

阳 关

二十一世纪的大风吹着汉代颓圮的烽燧
唐朝的一句口语诗悬在天地间：西出阳关无故人

我看见了什么？看见少，看见无，看见时间
看见时间把多和有变成少和无

我还看见写下那句诗时，那个长安诗人哭了
那个有雨的春天的早晨
犹如一封信函，邮寄至千年后的今天

阿尔金山在远处，爱着自己的白色雪帽
一条长长大路用丝绸铺成
倒换通关文牒，下一站即楼兰
和亲的公主最后一次回头，告别青春

风在沙漠上写下一个个姓名，又将它们掩埋
一只露出地表的陶罐是断代史的注释
惊扰了整个戈壁滩

只有红柳，胆敢与骆驼刺相爱
地平线不朽，地平线折不断，地平线永远横卧在前

是谁把我逼成了徐霞客，一个人跑出这么远
再也不会相见了，再也不会有音讯
故人啊，我已西出阳关

2017 年 3 月

玉门关

风猛吹，把天地吹没了分界线
把太阳吹得颜面尽失

风使劲拽着纱巾，煽动衣裳，推得人东倒西歪
行走时像骑在一匹烈马上

没有扶手可供抓住
只有托付地心引力，别让自己被刮走
命运的沙砾跳起来，打到脸上，硬硬的疼

既然春风不度玉门关
那么荒凉便是英雄本色

我像眼前这戈壁滩一样，心中一片茫茫
绝了任何念头，不抱任何空想
只留下一座黄泥巴的小方盘城遗址

还有不远处那条瘦弱的疏勒河，若无若有

从古地图里流出来

闪着温润的泪光

2017年3月

莫高窟前的白杨

佛在幽暗洞窟里，微笑或假寐
白杨在外面被阳光虚晃了眼

大地过于肃穆
笔直地朝天上长
是白杨唯一的出路

空气冷峻，使躯体呈现苍白
比起中原同类，更配得上纯洁的姓氏

神经紧绷，没有旁枝，以对抗盐碱地的苦闷
最终又屈服于苦闷
长成这个树种里的律法

它们从经卷里伸出来，身材高过崖壁之际
发现天真蓝啊
蓝得很专业，蓝到孤独

近处的蓝生出远处的蓝

那不是玄藏西去的印度之蓝，那只是天空在蓝
树干使尽浑身的白，来理解头顶上的蓝

这些白杨在三月有光秃秃的纯粹
上午十点钟的透明和静寂，充溢在枝杈间

它们有时会朝着洞窟里瞅：
或许会有一尊娇憨的佛，忽然从千年尘埃中站起
朝外面跑来

这是挂穗抽芽之前的荒芜
举起的臂膀上看得见时间的刺青
每一棵的心坎都插了刀子

如果南风不来
这些白杨便无法原谅祁连山
如果南风迟迟不来
这些白杨会踮起脚尖来眺望
马蹄声近了又远，西域在内心铺展

在莫高窟，我没看见佛，只看到了一排白杨
在谷地里拼了命地向上啊向上

就这样保持仰望之姿
瞥见了上帝的脸庞

2017 年 3 月

杜甫之死

把一家八口安置在一条旧船上
把宅院放在江上
命运在水上漂
还要漂多少昼夜才能安稳
还要漂多少里程才能停靠
怎么也漂不到陶潜的桃花源了
回棹而北上岳阳，与其说是飘零
倒不如说是想念中原
倒不如说是回望洛阳长安
倒不如说是为了离屈大夫更近些
倒不如说是
为了死
朋友们全无音讯
已没有力气返回故乡
饥饿使诗人敏锐
牛肉白酒最懂唯物论
集糖尿病、痛风、偏头疼、风痹症、肺病
肌肉萎缩、耳聋、疟疾于一身
他替整个国家生病

他的病在律诗里大放异彩

他老了，爱哭，写字时手颤

身体枯瘦得早已不像唐朝人

此刻，船行在冬天的疾风和大水之中

杜子美、杜工部、杜拾遗、杜少陵

伏在枕上写着绝命诗

每个字都是疼的

回棹而北上岳阳，与其说是为了活

倒不如说是

为了死

死在洞庭和汨罗之间

死在一条旧船上

那条船多么像他爱着的国家啊

2016 年 11 月

屈原评传

他的一生自始至终

都与一条大江和它的那些支流有关

生在秭归，长于西陵峡两岸

游香溪，至鄂渚，流浪汉北，居郢都，涉沅水，住溆浦，抵洞庭

他以流放路线图划定属于诗人的国土

他在江岸的一个个山冈上徘徊

情绪在抑郁和躁狂之间切换

他说话爱用"兮"，相当于现代人用"啊"

他是一个迷路的孩子

走得越远越想家

他人长得好看，像一棵橘树

一个人的才华大于楚国，压过中原

他与渔父聊天

谈论英雄末路

他像哈姆雷特一样昂首追问

对上帝一口气提出 173 个问题

其中一些属于天文学

倘若有一架观测天象的望远镜

他可以担任天文台台长

他写下绝命书

拟定完整的死亡计划

怀揣仅有的凶器：沙子和石头

在一个草木繁茂的夏日

孤独地走向江边

他在那里最后一次想到香草美人

这位业余植物学家

辨认自己水中倒影，像某种湿地草木

他有些晕眩，但去意已决

形销骨立的身体

依然在水中激起巨大浪花

汨罗江是柔软的床铺，供他长眠

他的眼泪流进洞庭，汇入大江，直至大海

最终注入文学史

经过光谱化学分析

产生爱国说、殉情说、弄臣说、谋杀说

叛逆说、个人尊严说、特立独行说

他死得其所，催生出一个节日

伴随着一种叫粽子的食品

一项赛龙舟的体育运动

一个国家法定假期

更使一条普通江水成了"蓝墨水的上游"

继他之后，又有陈天华、朱湘、王国维、老舍

诸位同行投了水

我去过他的两个祠堂

一个在出生地一个在辞世地

全都建在江边，形状峨冠博带

纹饰奇诡，色泽绚丽，有楚辞之风

诗人们从车上下来

报到、注册、签名、合影

找到基因源头

凡骚客路过必留诗文

今天轮到我来作一首

我很想学他纵身一跃，又恐有东施效颦之嫌

2016 年 10 月至 2017 年 6 月

登楼记

深秋，登斯楼者，中年、多病
刚刚与相爱多年的人永诀

在三湘四水确立王位已千年
有盔顶，有飞檐，木质里有寂静
来者无数，它只记得作文的人和写诗的人

八百里洞庭，万里长江，都是流水账
记录浩荡的时间
船只往来，磨损着航道
相机取景框里，只有我是将消失的

天空有万古愁，航拍飞行器代替了大雁
新筑水泥路面欠我岸芷汀兰
水袖正舞出俗世的虚无
悲秋已显多余，苦闷又算得了什么

2016 年 11 月

太　湖

天空和湖泊都用面积来表达自我
面对那么大的天，湖只有竭尽全力铺展
天低矮下来，原谅湖的有限

冷雨和暮色交融，共同定义人生
我把自己缩小成逗点，躲进命运的一角

灰云穿着丝绒的跑鞋
水边芦苇枯干，风吹着一排排不甘，一簇簇永不
在这个严重时刻，世界收拾残局
列着清单

蚕在太湖南岸的丝绸博物馆吐丝
我在潞村吃艾团喝青豆茶

十一月只剩下了四天
我把十一月的尾巴带到了湖州
身患甲减，随时会睡着，梦见自己并没有来

两个省张开双臂把一个湖合抱

一个湖被两个省宠爱

此刻坐在它的南端

才到达一天半，就开始想家

家要向北，再向北，湖对面遥遥对着的

只是无锡

一个人出远门，空着手

已经去过未来，如何还能生活于现在

2016 年 12 月

青泥洼

在青泥洼
我们就此别过，再相见不知何年

在青泥洼
我的拉杆行李箱滚动，像在说壮语豪言

这是一个地铁站
青泥洼，三个汉字暗示此地
有美丽的过往：
芦苇、草房、河塘、青蛙、荷花、白杨、麦田

你告诉我过去的青泥洼
确实如此

若早出生十年，你也许会来这里上山下乡
那样很可能要写诗了
不会像如今，坐在这里的某个写字楼第十九层
写法庭辩护词

你在青泥洼，居如此高处
一定更接近上帝的律法
每次下楼，都要乘坐一朵白云

青泥洼，词语的空壳
在我的默念中，发出空空的回响
为何人到中年，越来越向往穷乡僻壤？

青泥洼，与它般配的词语只有：白洋淀
我喜欢这三个字，它使得我们此时此刻
仿佛是在一首诗中
伤别离

2017 年 11 月

旅顺口

那么多在时光里发呆的老房子
在阳光下眯着眼
上了年纪，跟人一样，全都一副见怪不怪的表情

东正教穹顶，飞来儒家的喜鹊
拜占庭回廊立着道家的狗和猫
日式阳台上，栽着菇娘果，晾晒大红枣
红色语录印痕斑驳，差点儿解放了全人类

你收集一包茑萝的花籽
想让你家房子也穿上迷彩服，戴上五角星
我不置可否

至于纪念碑，不必去看了
无论圆柱形的、条形的、塔形的
全是巴别塔的微缩版
都怀了对抗时间的妄想，有与上帝争高低的嫌疑
令人同情

那座废弃的小火车站知道我们要来

停用的铁轨依然伸向远方，而远方再也无法抵达
墙上时刻表写着永不发出的车次
绿色塔楼、羽状小瓦，米色格子墙，它像一座小教堂
而今空了，蒙尘，还是那么好看
令人心疼

午餐时，你严格吃全素，而我荤素无论
一盘白菜心拌海蜇，白菜挑出来归你，让佛祖表扬你
我有主保佑，不怕被蜇被咬，海蜇肉全归我
这哪里是在吃饭，分明是两个异教徒
同桌谈判

等出租车时
大海就在不远处
军舰正在齐步走，用钢铁刮擦着海面
假如海水停顿，军舰是否把大海当成马路，继续前行

海对面，隔八十六海里，是家乡
这么近，近得不好意思劳驾"乡愁"一词
可否退掉夸张的机票
直接游回去

2017 年 11 月

灯 塔

红色的叫南灯塔，白色的叫北灯塔
站在各自防波堤，在飘摇之中确立宝座

防波堤用躺下来的身躯测度
海水的体积和重量

花岗岩的桶形灯塔，矗立着，足以抵挡海啸
让风暴来得更猛烈些吧

灯光能照射远大前程那么远
塔内方寸之地，一定镇压着一张地图
关于这个海港的所有秘密

见过的事情太多，包括 UFO，只是不方便说
剩下的只有对着海天祈祷

细究，红塔胸前系蝴蝶结领带，是男的
那个穿一袭白婚纱的，是女的
任太平洋的风一天到晚嗖嗖

隔着不远的海域
两座灯塔一直想跑向对方
其实是在彼此深情对望，举行婚礼

海浪是主婚人：
"你愿意爱他（她），忠诚于他（她）吗？
无论贫穷还是富有，疾病还是健康，都不离不弃？"

红塔和白塔都回答：
"Yes, I do."（是的，我愿意。）

进出的船只，作为观礼的亲朋
举着飞溅的浪花欢呼

有人在婚姻里安分守己
有人在婚姻之外狂飙突进
一百年过去，两座灯塔的婚礼还在继续
关于它们的新闻，已被镶上花边

2017 年 11 月

陪 Mary Helen 夫妇逛曲阜

这国太古老，历史太复杂
无论从哪儿讲起，都显颠三倒四
车子开过玉米田里的小径，地下埋一座都城
不像爱荷华的玉米田，既辽阔又年轻

大老远跑来，为看一个山东老头儿
在他出生的洞中泉边，在他大发感慨的河畔
大家联想起另一个雅典老头儿苏格拉底

类似乌龟的驮碑动物
在一场有名的革命中被砸成残疾
至于柏树，在东方，古人的魂魄大都散发这种香味
并长成如此形状
你们告诉我《圣经》里也有此树，栽种在《雅歌》里

在杏坛，刚把"万世师表"译成"伟大的老师"
就被"杏树"这个英语单词绊倒
只好说，这是一种"既不是桃也不是苹果，
既不是梨也不是樱桃，当然也不是李子"的果树

请猜猜它是什么

有人在为高考生求签祈福
拜了全中国最早和最大的老师，就会金榜题名
哦，你们考试前，拜苏格拉底吗？

在那个子孙后代的府第，对男尊女卑细节
耸耸肩，扮一个解构主义鬼脸
后花园有人在唱吕剧《铡美案》
当得知剧情，表情错愕
无法理解那把东方的铡刀
我算了一下，当我们在宋朝，你们也在中世纪

你们疑惑坟墓为何不像西方那样是平的
而全都隆起
我说，蓝色文明临海少土，黄色文明大陆多土
作为地标和记号，堆个土馒头，显眼又省钱
在孔尚任墓前，我把侯方域和李香君
干脆讲成罗密欧与朱丽叶
当听到撞破了头，溅血染作桃花扇
你们面露惊恐
我也忽然嗅到故事里的血腥

天气闷热，大家几乎穿成泳装
石像们却穿戴得严严实实
拿书卷的是文官，拿剑的是武官
草丛里的石马规矩站立，鞍上还雕了小花

水在桥下由东向西
仿佛命运的徘徊
皇帝女儿嫁到这里，算是高攀
足见这国多么重视文化

在麦当劳，你们点了一堆甜食
仿佛回到祖国怀抱
但这是一个青砖黛瓦、飞檐画栋的麦当劳

临别，你们拿出一个纸质笔记本送我
让我写诗将它填满
我说，好吧，本子上的第一首，献给你们

2015 年 8 月至 2017 年 10 月

俯瞰西沙

天空这个巨大斜坡
从北面那片大陆一直延伸过来
舷窗外，自由以蔚蓝色的名义辽阔无边
太阳在赤道和北回归线之间滚动

岛礁有着环形思维
只懂得珊瑚虫、海葵和水母的语言
周遭的海水，近处是绿的，远处是蓝的
绿蓝之间那道分界线在为礁盘辩护
风吹过，把鱼群撩起的皱褶抚平

这是上帝在第三天和第五天的作品
他造完西沙之后很快就休息了

飞机越来越低，越来越低
一只大螺壳在白色沙岸上忽然吹响了自己
那么多珊瑚举起了手，把手指张开来
向这架即将降落的

海南航空公司的客机

致意

2016 年 12 月

在永兴岛仰望夜空

半个月亮挂在天上
供我在下面仰望
在南海，一个两平方公里的岛上
它的脸庞与中原和华北的相仿

我还想找到南十字星，这夜空中的十字架
在它指引下辨别人生方向

这里的屋顶全都蓄存了正午的热情
花梨木青涩，使夜晚年轻
珊瑚虫在浅滩悄悄分泌，一点点建筑着岛屿
我怀揣一本书，被封闭在岛上
过着有藻类和贝类的日子

用穿过椰林的海风的眼神望过去
云朵仿佛从天国里分娩
它们行走得那样缓慢
形状里有亚洲的温良
当飘过纪念碑的时候，停顿了一下

是的，这里有一个搬不走的岛屿
它终止于海的辽远
即使在夜晚，海底的乌托邦也灿烂着
海面正发出梦呓
而在海面之上，夜空是绝对的，是无限的
用虚妄将自己拼写出来之后
夜空继续

2016 年 12 月

船　票

我有一张船票：

永兴岛——文昌清澜港

开船时间：2016 年 12 月 9 日 17：00

舱位：5136—3

条形码编号：45202920

没有什么想说的了，除了这张船票

一只鲣鸟从头顶掠过

我拎着行李箱，一级一级走上舷梯

它长长的，走了这么久

才登上这艘 1.2 万吨的大船

幻想有人在岸上目送我

挥动着棕色的手臂

口音里有海风

当轮船开走的时候，码头会不高兴

附近的灯塔会更加孤零零

当轮船开走的时候

落日正坠入海中，它湿淋淋的，天就要黑了

整个夜晚我都在大海上
水手怀着对陆地的乡愁而紧握绿色舵盘
没有见到船长，但觉得他一定很帅
我跑到甲板上
人如此渺小，站在苍茫之中
辨认海与天的分界线
看波涛一路追随客轮
纵身一跃的念头突兀冒出并被打消
愿来自更高处的目光望见我
愿一颗星星照着我，并原谅我的孤单

我晕船，行李箱里一枝白珊瑚作为知情者
一直保持清醒
两粒舒乐安定祝我一路平安
我睡着了，梦见了海伦

我有一张船票
我想立即把这首诗写在它的背面
用海浪作蓝墨水

2016 年 12 月

在甲板上

大海用脊背驮着船，整夜奔跑
在宽阔处加速，在岔路口步子放缓

没有月光没有星光，唯雨点把海天区分
命运的漆黑时刻，甲板上，单独一人

把身家性命托付给
一个钢铁的庞然大物
让船长紧握舵轮
捂上他的耳朵，别让他听到塞壬的歌声

我在这艘船上还没有遇到爱情
所以它不能像泰坦尼克
撞上冰山

万一从望远镜里看到海盗船
升起骷髅旗
那可怎么办，不能输得不明不白

行李箱在客舱，人在甲板
一艘巨轮昂首行驶在公海
那么大的风，吹透了衣衫，手扶栏杆
连灵魂都东倒西歪

晕眩袭来，有目光正从高处望着我
在这茫茫夜晚的茫茫海天之间

2016 年 12 月

进山西

钻过隧道，一点点升高，进入晋文公领地
姿势放低，不可让身上携带的那个大海倾洒

平行四边形的大院，以山河来防守
谁能攻打这样一个省呢

河流会使性子发脾气，把自己当成瀑布
可是，谁见过一条大河揭竿而起

埋在地下的煤块使群山镇静
爱被裹进黄土塬，温厚的掩体，开了拱形圆天窗

一簇杏花撒在莽原的舌尖
甜蜜与苦涩在对抗中达成和解

车过大槐树，进不了家谱的我正打盹
除父母和祖父母，再往上全不认得，亦不会梦中相见

青砖灰瓦木窗，鞭影斜阳孤丘，一些老旧事物仍在

人到中年须强忍泪水，一如这黄土高原

天擦黑时，停驻某县城外的小饭馆
好的，我要一碗担担面，再来一坛老陈醋

2017 年 4 月

夜宿平遥

赶在天黑之前抵平遥古城，投宿客栈
以碗面和榨菜丝充饥，一盏青灯相伴相亲

女扮男装，进京赶考
孤身一人，没有书童跟随
未带文房四宝，只携了手提电脑
至于箧笥，属卡通风格，有拉杆和万向轮

风刮过回廊时，挽起了它的长发
庭院的红灯笼跟天上的圆月，拥有共同的眼睛
一起疑惑地望着我：
这个女人为何一个人出远门？

木窗上雕着鱼戏莲叶图
我独占一张双人床，从未想过把国土分享

夜半，票号和镖局那边传来马蹄声
平躺着的我被拆分
肉体留在客房，手握的书卷掉到地上

灵魂则越过垛墙，出了城，一直向北，急奔雁门
目的是校勘山河，列一份清单

窗下，一只压抑了千年的蝼蛄诉说着
土腥味的苦闷，鸣叫是单曲循环
砖缝被它叫得已松动

这只昆虫最终代替小二，代替中国移动的 morning call
把我唤醒，同时醒来的
还有巷口的一抹苍苔，那是让一阵细雨唤醒的

起身卷帘，卷起一个夜晚一场睡眠
无论旅行到了哪个朝代，天色都已微明

2017 年 4 月

壶口瀑布

瀑布有落差
我有恨

全都跌宕着
终归于大海，或归于穷途

当恨着的时候
全身器官都关门歇业
只有血液在血管的高速路上极速狂奔

所有过往之爱都必须被铲除
森林、山脉、村镇、星辰都要被挪移
恨专心致志，容不下自身之外的任何事物

也有雾气这样升腾弥漫，现出彩虹
（恨会产生力量、幻象和光芒）
也发出隆隆和嗞嗞之声
身体的堤岸同样被摇撼

我与彼人之间
就相隔了这样一个凶猛的壶口
从此被劈成两个省

独自跑出这么远，就是想与这著名的瀑布
比试一下谁比谁更暴烈

然而我知道：我错了
——主啊，宽恕我吧

2017 年 4 月

太行山

分不清天河梁、阳曲山、走马槽
只知一座连一座，统统叫太行

在高处，它制造悬崖和突兀
向天空和星辰宣誓
在半坡，它侍弄大片大片野花
说出最想说出来的话
在低处，它纵容溪水
安抚村落和牛羊

它的裂谷幻想愈合的可能
它的绝壁找不到退路
它的山脊上的石路伸向迷失和遗忘
它的腹腔里有煤块在缄默

既不属公元前也不属公元后
除了上苍，它什么也不信

落日新鲜，被它圆圆地扛在肩头

接着又砍去一半

初秋的风吹过高山草甸
拖着长长的裙摆
不必分清哪边是山西，哪边是河北与河南

如果对人世迷惘，请来太行
因为别处的屋檐都太矮，也不够敞亮

2017 年 9 月

绿色邮筒

在松烟镇的许村，在微雨中
我看见一只绿色邮筒

它以柱墩状的忠诚
坚守早已撤掉了的岗位
在街头，青砖古屋前，笔直地站立

投递口庄严地开启着，取信口谨慎锁闭
锈迹犹如雀斑长上了脸
开筒时间难以辨认
那么多孤单的日子等在后面

这只高个子邮筒并不认为自己被弃用
依然每天两次翘首
盼望邮递员来
一个跟它穿相似制服的人

这只邮筒，额头抵着太行山

浑圆的胸膛中

揣着一封未发出的信，而收信人还在远方苦等

2017 年 8 月

东兴顺旅馆

一幢建筑怎么可以盛得下
那么多昏暗和悲伤

它还站在原来的地方
它记得 1930 年代的繁华
和那个女子

它还站在原来的位置
那被改装成银行和商场的部分
它以为是幻觉

带铁艺阳台的二楼，朝时间敞开着
木地板原谅了所有鞋子和脚
那位时代和青春的人质
在巴洛克屋檐下，天空是低的

在无处告别之前，一场洪水成就了一场爱情
从阳台逃出去
诺亚方舟在等她

她一直在逃跑
她一直期待爱情把她

救出孤独，救出饥饿，救出流浪，救出战乱
救出滔滔大水
救出硬下心肠的母性
救出沦陷的乡愁

甚至救出
另一场爱情

但爱情没能把她
从性别里救出

她与方块汉字一起
使劲把自己从性别的胶囊里
往外拉拽
三十岁用尽全部气力
她将死，死于对温暖和自由的渴望

临终，她一定想起了这幢旅馆

它一直折叠在她的身体里
而它的阳台，被当成
命运弹出的应急滑梯

那时，北国变南国，罗密欧依然等在窗台下
却没能再次将她救出
关于世界末日的预言
梗塞在她的肺部和气管之中

2017 年 5 月

火车一路向北

一列绿皮火车运载
一个人的后半生
一列绿皮火车
抛下半岛家乡的暮春，一路向北
往上个冬天之末撤退
火车一路向北
朝鸡冠顶，一点一点地移动
它移动的速度
正是我对往事忘却的速度
驶过松花江畔
丁香在暮色里恍惚
一只大列巴、两根红肠、一瓶格瓦斯
安慰我的胃，也安慰我的心
带着向北的信仰，车轮铿锵
窗外抽着石油的磕头虫，提示
正经过大庆
沼泽里的野鸭把自己当巡逻艇
落日红艳磅礴，那么爱国
过了齐齐哈尔，天完全黑下来

火车像把匕首，刺透夜晚

趁我打盹的时候

小部分夜色在途中从汉语译成了俄语

剧烈的摇晃使我醒来

已到加格达奇，正值子夜

鄂伦春人都睡了

樟子松支撑着星星

凌晨三点，还未到塔河，高纬度的天

已经大亮

火车继续向北

轰轰隆隆，声音坚定、稳重

使冻土层裂开缝隙

火车正穿过大兴安岭林区

呆萌的小火车站，摇着绿旗

一闪而过

山影踉跄，跟着奔跑

白桦林跟着一路连绵

光秃的树枝之间，空气静寂

这树木中的清教徒

整整一冬的睡眠多么美

达子香在冰雪之上

露出浅浅的笑意

冰块以正在溃败的意志

仍爱着河面

已是五月，春天竟来得

这样艰难

草甸中的水泡子，与天空比蓝

打了个平手

我把这蓝称作：天堂蓝

这蓝从低处、从高处、从高高低低处

围绕松林的绿

火车加速了，吹着笛子，临风一身轻

扭水蛇腰拐个大弯

车尾与车头终得相见

接下来又减速

一只背部有斑纹的小型松鼠

钻进了道旁的树洞

火车继续前行，速度若有所思

仰头望向窗外，天空悠远，大地深情

半生恍惚而过矣

忽然，哐——当——

车身快乐地颠了一下

清晨的阳光

鲜艳欲滴

终于泼洒了一身

哦，现在火车

已经抵达

终点站：漠河

2017 年 5 月

北纬 53° 33'42''

我一个人走到了北纬 53° 33'42''
国境线界碑提醒我：不能继续向北走了

可我不想停下来啊，我想涉过有冰块的江面
翻过江边那道岭
穿过茫茫西伯利亚荒原
跳过北极圈
坐上狗拉雪橇，跑过冰蚀的苔原
渡过蓝色海水
一直朝北挺进，直至
北极点

我要会见北极熊
对它倾诉衷肠
探讨一下地球变暖的问题
我还想站在北极点
触摸一下低矮的天空
朝飞过那里的航班挥挥手

一次又一次，像现在这样

体内的发条总是上得过满

我爱一条道走到黑

走到国土最北端

还要继续

往北走

想越境、想翻墙、想冒天下之大不韪

2017 年 5 月

北红村

木刻楞,木刻楞
厚厚白雪保佑它
人住里面像套娃

江水紧贴村子脊梁骨
江面中央,一条隐形画线,不苟言笑
沙滩上有人拎着刚捕的
不知说哪国话的鳜鱼

近处横着那道岭
伸长胳膊,似乎够得到坡上
异国的松枝

木栅栏上蜿蜒隔年的南瓜秧
炊烟懒洋洋,里面的木头味
吹散在两国领空

牛在黑土地踩出蹄窝
旁边红色拖拉机,把自己当保时捷

天上星星等着列队出席

狗在土路上乐颠颠

三个小孩出校门，全校五分之一放了学

逛菜园子，菠菜国产，小葱土著

迎面走来一个大娘

肤白、凸鼻凹眼，张口说玉米碴子话

今夜，我住下来

脚丫和大半个身子

放在中国

头枕国境线和《瑷珲条约》

2017 年 5 月

白桦林

风在白桦林上方加速，往北面去了
天蓝到让人歉疚
大朵白云低低的，仿佛可以骑上去

白桦林踩着残雪，挺立着，多么悠扬
春天正从那些光秃的枝梢上来临

白桦树干上有眼睛，目光热切
身上的刺青，让它们更美

白桦林吸收了北方的寒意，转化成戒律
来滋养身心
以铅笔素描的功力
让自己清雅、俏拔、明亮

腐殖土温厚，内含时间、草芽和待发的蘑菇
达子香开得零零星星
黑焦的矮树墩，记得多年前那场大火

白桦林中的小路，兴致勃勃地延伸
不知通往何方
它看上去有话要说

在这条小路上走，仿佛走向天边
最后的路途在鞋子里面，在行者的体内
是不是所有故事
都会有一个忧伤的结尾？

2017 年 5 月

慢火车

以落后于时代的速度
缓缓前行
以低于平均主义的心情
缓缓前行
把自己从患焦虑症的交通工具里
脱离出来
不必为超越同类而不停地挑战自我
直至垮掉
被强者抛下，被上进者甩下
因而获得了自由
它属于少数人
它有拒绝的权利
不追赶的权利
倒着数第一的权利
既然速度会获得追捧
那么，谁敢说缓慢
不能成为另一种光荣？
它目不斜视，内心安静
车厢是理想主义的绿

一步一个脚印地跋涉

并化为咣当咣当的歌吟

它抓紧铁轨

它与大地那么亲

向经过的每一座房屋和坟茔致敬

对开放在道旁的野菊怀着怜悯

涵洞、桥梁、隧道

——牢记在心

有时停下，抚慰某个落寞的小站

粗重喘息里有古旧的语法

它把自由意志安放在

一朵白云下面

对命运的屈从

何尝不是另类的倔强

它吹着口哨

在白天和夜晚之间通勤

花开在门外

风吹过头顶

它是一个诗人

2017 年 5 月

在上庄

在上庄，我看见常溪河奔流，云在水里走
枫杨巨大，长成了见证
古石桥上的青草也是一种语言

在上庄，我看见鸭子和小狗全都面容温良
炊烟把大地的嘱托
举升到山坡上竹林的梢头，终与蓝天的期许齐平

屋宅在时间的摧迫下反而呈现出了美
可以一直美到邮票上
窄深的石巷，闪过一个夹着书卷的身影

在上庄，两架山岭在对喊
喊出来的全是那个人的名字
白话文走在古道上，迎娶了文言的新娘

在一个鹅卵石铺就的庭院里
雕在厢房门窗上的兰花草
依然满怀着希望

此时上庄，黛瓦下的粉墙，并不爱身上的油漆红字
这个夏天发布高温预警，害躁狂症
水田里的稻秧也感到了恐慌

我以一杯绿茶一册书来纠正酷暑
人心弯弯曲曲水，世事重重叠叠山
而那个人总是在微笑

这是上庄，距那个人上次返家又远行
过去了整整九十九年
乡邻谈起他，仿佛仍住隔壁，随时走来

2017 年 7 月

七星台

这群山之上的高爽台地
这秋末冬初的萧瑟和寥廓

绚烂转为淡写轻描
树枝松开了彼此相挽的手臂
风从透明的枝丫间吹过

一棵老柿树上叶子全无，仅剩几只磨盘柿
红灯高悬
忘了采摘的几粒山楂
悬挂在树上
直接梦见了果酱

一只南瓜遗留下来，秧子对它失去了控制
它开始在空旷里
称王

向日葵也仅剩一棵，个子高高，耷拉脑袋
面对大地的撤退，悲伤有何用

那些尚留恋枝头的叶子
浅黄或绯红，业已疲倦，用身上未尽的部分
爱着一个又一个山谷

即使这样的惨淡光景，也有独自的美
也值得去爱
记在心中

道旁田间添一座新坟
纸花鲜艳，有不怕死的决心
今秋是里面那人所看到的
最后一个秋天，并跟随其渐行渐远

山路上走着两个人
一个类似眼前光景，身上有秋末冬初
另一个身上的秋天已来临
如果还有正在变化的
抽芽萌长的部分
准备节省下来，用以热爱星空

太阳渐渐西斜

星星们已准备就绪，专等夜幕拉开

闪亮登场

2017 年 11 月

瓢　泉

幼安先生，你老家来人了，从趵突泉边
奔波两千里
带来了四风闸村那棵八百年老槐树的消息

你出生并长大的村庄，如今紧邻机场
那里的冬小麦已出苗
你当然没听说过飞机，比的卢马可快多了

你在异乡卜居，此处也有一汪泉，瓢泉
在小山下，在竹林旁，跟故乡泉水一样清洌
倒映星星和月亮
泉石上你放碗的小坑，那么寂静

茅檐低小，溪上青青草
丰年的水稻收割了，蛙声已歇
柚子挂满枝头，无人采摘
低眉顺眼的小狗站在屋山头，张望来路

先生，来看你的人

你的济南同乡，也是一个诗人
她的头巾在风中飘，朝着相反的方向

2017 年 11 月

稼轩墓

这里的风光竟是
七八个星天外，两三点雨山前

你抗的那个金没了，你爱的南宋也没了
你写的长短句还在
青山还在，流水还在

遥远的文字深锁进生锈的石碑
倘若料到世事如此
你是否会更坚定地向五柳先生学习，而不是
到死心如铁

在半山腰的坡上，面对小山环绕的洼地
仿佛站在点将台，沙场秋点兵

山坳里全是庄稼：水稻、芋艿、大豆、红薯、甘蔗
呼应着你的名字：稼轩

一个山东大汉来到南方

对时代水土不服
偏又姓辛，注定了一生的不容易

无法持剑去打仗，只好拿起毛笔来填词
你登楼、断肠、醉酒、拍栏杆
你过的日子，一会儿是满江红和鹧鸪天
转眼又成西江月和菩萨蛮

你那么喜欢怀古，而今轮到别人来怀你
我把开红花的蓼草放在你的墓前
天凉好个秋

2017 年 11 月

季市老街

一只清末民初的草鸡煮出来的老汁的香味
飘浮在空气里
荷叶茵糕慈悲，酒酵馒头仁爱

石板路细长，庭院四方
黛瓦雕着蔓草和牡丹
一丛铁线蕨从窗楣生长出来
青蛙依然坐在井里观天，苔藓安然

铁匠铺、裁缝铺、中药铺和米店
陷进繁体汉字的乡愁
落日荒凉，映照青砖残墙斑驳的庄严

时间在空转
梦见一只水袖
门牌迷惘
在某个拐弯处进入新时代

老街之魂

一直都载在船舶上

沿墙后那条界河漂远

往东连着长江，往西也连着长江

2015 年 4 月

一群牛闯入高速公路

一群牛

出现在前方

真的是一群牛

出现在前方

（紧急刹车）

一群牛

闯入了高速公路

打算横过路面

到对面去

（紧急刹车）

放牛人挽着裤脚

小腿上有苦行的青筋

他用鞭子挥舞出弧形呵斥

揪着牛耳朵做思想工作

（紧急刹车）

一群牛出现在高速公路上

一次又一次刹车

让整个路面晕眩

一个个发动机焦躁地空转

发表无奈的演说

谁都拿这群牛脾气的家伙没办法

一头黑牛贴近隔离栅栏

考虑先迈四条腿中的哪一条

一头棕牛走到我们的车前

用犄角抵歪了一个反光镜

一只黄白相间的奶牛步履缓慢

乳房肿胀，充满慈悲

一头小牛走路不稳

紧跟在妈妈身后

有的牛闲庭信步

有的牛甩尾巴哼小曲

有的牛甚至与异性耳鬓厮磨

它们刚刚吃完草

正反刍着质朴的思想

从中发现真理

分瓣的蹄子蘸着新鲜的泥

给路面盖上了忠心耿耿的印章

汽车越堵越多

急得直跺轮子

气得吹喇叭瞪大灯

牛对这场骚乱全不理会

只是疑惑这些不吃草只喝油的铁牛

四只大圆圈形的橡胶蹄子

跑这么快，意义何在

交警正朝这里赶来

手握一叠罚单

不知道应该开给谁

牛不认为自己有什么错

更不认为自己是疯牛

这条刚刚开通的

把村庄一分为二的高速公路

尚未引起它们的重视

它们只是想抄近路

沿着过去的方向

像往常一样

返回高速公路那边的家

2017 年 8 月

夜宿高速公路服务区

凌晨一点半，车子
以摇滚的速度
过了黄河
把我扔在
路边的服务区
我的身体与京港澳高速公路
紧挨并平行
躺了下来
两点之间，连成直线
可以是我的身高
也可以是高速公路的全长
今夜我住在了黄河以北
却隶属河南的土地上
这是一个孤独的夜晚
我用体内仍在变幻
而尚未完成的部分
来度过它
飞速的车轮
就在窗下

轰隆隆地碾过

我的世界观

我的家乡在千里之外

下着暴雨

微信留言

在手机里眨着眼

夜风摇曳窗帘上的竹子

行李箱朝暗夜敞开

潺热罐装进走廊

空调是一个捍卫者

我吞下两片安定

准备入睡

今夜，以近得无法再近的距离

我仰躺在了

八车道汽车快速驶过时

烘托而成的

一座孤岛上

我会梦见自己

戴着墨镜和手巾

有千斤顶的力气

我是一名卡车司机，性别：女

2017 年 6 月

出　行

我出行，像出征
双肩包很帅，拉杆箱堂堂正正
徒步鞋套了缰绳
我准备给自己起一个新名字：路霞客

防晒霜、雨伞、衣裳、安眠药、巧克力
是装备和给养

我有充满了电的身体
摇滚的时间表
显示心灵地理学的地图册
一个人在路上的音调
上帝他老人家的 APP 和二维码

如今爱情不是宣言，护照才是宣言
上面的签证，那是一国对我的许诺：
大门敞开，请进
我收集海关的印章

我身上有中国、欧洲、日本、古巴、新西兰，还有一个美国

而那个叫以色列的国度，留待最后抵达
并当成新一轮的出发

就这样在地球上跑来跑去
让云替我去摸命运的彩票吧

在他乡的田野，搭帐篷露营
睡在陌生国度，在暂时属于自己的床上
梦见并不在实际所在的地方

天空又远又深
溪流有春末夏初的姿势
山峦在雾霭之中尽力保持诚恳

我需要速度，来感受活着
让道路来替我报仇雪恨
借助航班飞越对尘世的不满
我还盼刮一场大风，刮走前半生

自离别后，我用一场盛大的出行
为一生划定了界限

2017 年 5 月

抵　达

清晨六点
海和风都醒来了

飞机把我扔在一个西太平洋的小岛上
头也不回地走了
我的大陆已经远去

踩在陌生的经线和纬线上
天空是拱形的，有蓝琉璃穹顶
蓝得坚定，蓝得不妥协

免税店还没营业，折扣还陷落在标价牌上
咖啡屋等着被煮沸

太阳缀着流苏，把一切纳入它的烤箱
把石头烤得心肠变软
九重葛呼吸急促

这说查莫洛语的小岛多么陌生

这在大洋深处漂无所依的小岛多么孤零

我到这里来做什么呢
我一个人悄悄地来做什么呢
或许只是想表达一下流浪的自由

2017 年 5 月

绿蜥蜴

一只淡绿色的蜥蜴

在晒日光浴

偶尔朝天空

吹出一个泡泡，那是它的白日梦

铁线蕨上的露水照亮前程

尖下巴的脸上

有素描的微笑

通体新绿，有嫩草叶的明亮

走近一个小水洼，把自己当鳄鱼

流了几滴眼泪

忽而自大，把自己当恐龙

想去拍3D电影

又把自己当航母

以鼓眼为核武器

守卫苜蓿和砾石的军事基地

望向水洼里教堂尖顶的倒影

映出自己是异教徒

它打算退伍，去竞选总统

最终成为图腾

在一枚徽章或一面旗帜上永恒

而现在，它不过是一只绿蜥蜴

和夏天在一起

离自己的雄心壮志

十万八千里

2017 年 7 月

野棉花

她们是野棉花
因为野，所以无法采来做棉袄
不能纺织
因为野，所以白里透红
因为野，所以进不了田垅
而生在沟涧，长在峭崖
每个棉朵都是圆形房屋
锁闭的力气全部用来绽放
一个念头睡在里面
她们要开花
开花只是为了好看
好看为了什么呢，谨向那创造了她们的
表达赞美和感恩
因为野，可以肆无忌惮地大笑
甜美不是牢狱，而是自由
因为野而原谅了一阵冷雨
因为野而不惧怕秋声
因为野，单身并快乐着
不种也不收

在大地上度过无用的一生
天空、云朵、阳光、山谷、溪水、吹拂的风
正向所有无用的事物致敬

2017 年 8 月

芦 花

芦花摇晃着秋天
唯有天国，是静止的

在一大片白茫茫之中，偶有缝隙
可见到天空的蔚蓝

草本的笔直的表情
最后想法放在了浅水的坟茔上
芦花的头发和衣袖里面
盛满了风

风里有命运
命运是醒着的

停顿，弯腰，倾侧，伏倒，朝同一方向归顺
它们仿佛在奔跑
不但没有成阻力，反而加快了风速

孤独凭借芦花，芦花凭借风

在开口说话

芦花掩埋了自己的道路
风从无形变成了有形
谁的心在与它们一起押韵
在恍惚

共同抵达沼泽的另一岸
地平线远远地横卧，那上面的夕阳那么伤悲

2017 年 10 月

小麦花

每一朵开放五分钟，绝不超过半小时
我的发言在全世界的花中
最短

要撒好种在田里
须让一粒麦子落在地里死去
有人梦见一棵麦子长了七个穗子
又肥大又佳美

看哪，田野里有那么多青绿的小辫子
五月的阳光甚好
整个晌午都容纳在一根麦芒里

浅黄淡白的微小之花，散布细密枝节，又一节节
沿着主轴排列
弹匣里是一梭连发的子弹

麦穗是天生的徽标
请不要忽略

我也是开花的
无论多么微小和短暂

请风来给花做媒
自己的雄性要跟自己的雌性
谈恋爱

有那么一天
从麦地走过，饿了，就掐麦穗吃
拿着簸箕扬场，收在仓里
取细面，烤十二个饼
阿门

2017 年 10 月

陪母亲重游西湖

这一次，是我和母亲乘电瓶车
快速翻页，浏览西湖
一目十行，过目不忘

上一次，是十五年前，微雨的深秋
以脚步丈量西湖的周长和半径
那时父亲还在，指点江山

那次我犯偏头疼
躺倒在白堤的草坪，望向天空
父母围在身旁，我的疼痛里有故乡

那次游西湖之后，父亲又活了三年
此后母亲独居，我成半个孤儿

电瓶车正开过北山路
我忽然指向孤山的斜对面：
看哪，那是我们三人住过的新新饭店
当时预定它，只因胡适先生住过

那年在湖畔买的丝绸，还绕在我的颈上
那年的杭白菊，已无法在世间找寻

2017 年 4 月

送路路去北碚

备好琴剑书箱和盘缠，带够干粮
此去万水千山

钻多少隧道，过多少桥梁
才能从渤海到大西南
把火车不停的那些村镇都标上记号
吟诵李白的《蜀道难》

如果你要飞，也行
波音或空客打个喷嚏，扬长而去
向舷窗外看云，天空前程远大

众山演讲，两条大江拉钩许下诺言
雾减轻了楼群的重量
折叠的码头打开，终于把你等来

黄桷树在墙上撑着伞
树下传来歌声，歌里有一朵山茶花

你吃泉水豆花和竹筒饭的时候
熊猫在吃竹子

生物工程、英语、数学、化学
再加一个帅男生
统统放进火锅，人生多么麻辣烫

但作为白羊座，务必管好自己的角和蹄子
不可成为一只疯羊
风一直朝故乡方向吹拂着你的衣衫

感觉去的是民国
记得拜访一下雅舍和多鼠斋
问候二位先生

巴山夜雨，如果想家
可以微信视频

2017 年 9 月

挖野菜的人

荠菜、白蒿、蒲公英、紫花地丁、马齿苋
最多的，当然还是苦菜

母亲在河边山坡上
拿出做针线的功夫，翻检着这个春天

她朝地球弯下身躯
她的后背冒着热气
她的一绺白发，表达着对风的蔑视
她的红袄与蓝天进行争辩

她手持刀子，剥开大地松软的皮肤
她揪起一棵冰花图案的苦菜
她把根部的土拂去
她身旁的布兜那么良善，沉默寡言

太阳在给这个山坡加热
阳光太明亮，用一层虚无裹住这个下午
我挨着母亲，蹲了下去，我很快就会活到她的年纪

空气弥漫草叶的气息
怎么也超不出这片山坡的边界
神在每一棵野菜上投下一小片阴影，当作标记
以便容易找到

并排坐在一棵构树下歇息
指缝里的土很新鲜，冬天的寒意消散
母亲谈起我的小时候，阳光渗出丝丝甜味

满满一兜子苦菜放在脚边，那是我们的晚餐
满满一兜子苦菜放在那里，逝去的亲人坐在我们中间
满满一兜子苦菜
盖着又一个春天的印戳

埋头挖，一棵，一棵
每一棵来到眼前，必定事出有因
一直挖到太阳偏西
挖野菜的母女拎着布兜斜穿过黄昏

我们走后
第二天
所有野菜都将重新生长出来

2017 年 3 月

生日鲜花

一个女人在七十二岁生日的早晨
呆呆地望向窗外
阳光被冷风逼到了墙角

她身子倾斜，把手中杯子打碎
牛奶洒了一地
一阵虚汗道出了人生的空茫

敲门声像递交请愿书
快递小伙送来鲜花：
"你的孩子祝你生日快乐！"

她疑惑是谁送的
把三个孩子从头到尾又从尾到头
想了一遍

大女，社会闲散，东篱下作诗，神情恍惚
二女，国家机器，只问公务，生活乱作一团
至于小儿，娶媳之后，早把亲娘忘

最后目标锁定大女儿

她的座机像拉响手榴弹一样，拉响我的手机

我做惊讶状

认为妹妹弟弟均有作案可能

扣掉电话，我笑得

风生水起

有朝一日，我到达这样一个生日

也会送自己一束鲜花

那时，我七十二岁，无儿无女，只有花一束

2017 年 11 月

相　距

记得那时
从你家到我家，有一首诗那么远
是汉乐府

丁香在春天一团一团地点燃
天色在道路拐弯处，开始黯淡
在经过小桥时，落下雨点

而今，途中筑了墙挖了沟
高压线防守在半空
从我家到你家，有一篇学术论文那么远
是 CSSCI

大门换新，居所装修
旧时痕迹都没有了
命运按了回车键和删除键

大风把阳光吹歪，吹出了空旷
未被使用过的时光打开来

2017 年 11 月

夜访汪伦墓

从三杯干红葡萄酒里借出胆量
夜访汪伦墓

冬天的夜空是高的，走在下面，心晃悠悠
青石板延伸进夜色，身后紧跟着影子

拐过一溜马头墙的老屋之后，脚底生风
竹林和流水的声响，越来越大了

只有夜半深更
那个唐朝的魂魄才会从时空夹缝里溢出

那灵魂应该有米酒和宣纸的气息
还笼着一层盛唐的月色

他会拐过一棵缠绕绿藤的老枯树
到小石桥上迎接来人

一个胖子，一个离退休的县令

用一封措辞巧妙的书信把李白骗了来

十里之外的渡口叫桃花渡，"有十里桃花"
姓万的人开了一家酒店，"有万家酒店"

平生最大成就就是给李白写了这封信
邀请他来做客

当他踏歌送别诗人
诗人作诗，把他的名字镶嵌进去

就这样被钉进一首七言绝句，再也出不来
名垂青史之外

如今有人又被这首诗骗来
在诗后面缀上无数的长句短句

夜深深，汪伦躺在墓里
深深夜，站在墓外面的人，想着他和李白

长满荒草的坟冢
是从唐朝寄来的一个包裹

石马和石人穿着真正的唐装，恭顺侧立
半空中忽然有雨点飘下来

一只鸦飞过最高的树梢，朝西北方向去了
为什么狐狸精还不肯出现

对着墓碑敲三下，借手机微光绕墓一圈
汪伦，千年之后的诗人来问候你

2017 年 12 月

一　生

人的一生
应当这样度过：
起点是桂林
终点是阳朔
中间的人生，是奇峰秀峦
簇拥着的漓江
缓缓流淌
那江水
必须
是清澈的

2017 年 12 月

秧　塘

抬起头，云朵间隐约着交响乐
二十世纪四十年代的天空
以日月为良心
铺展至今

长了牙齿的飞机很帅
油箱里装的也许是可口可乐或蓝带啤酒
以一个新大陆的勇猛
去迎接一个压抑的岛国的挑衅

一片低低的乌云劝人去战斗
大步行进，引擎令空气升温
又一下子冲进真理的长空

它们用诅咒去校正狂妄
用最酷的动作拿对方寻开心
调整正义的准星
让大炮以不必翻译的通用语热烈发言

在距离故乡三万里的空中
随身携带爱情的护身符
保卫着别人的祖国

它们俯瞰多灾多难的城邦
看到了湿屋顶、油菜花
那些绿绿的小山并不生长，只是举着拳头
一道道江水温柔，也含着悲愁

还有那些以米粉和竹笋为食
又被孔孟的城池圈围起来的
衣衫破损的人民

血肉之躯铺碾而成的长长跑道
未曾想过多年以后
在上面会生长出楼盘，挺立新兴的意志

山洞里有人正用英文标注着地图
穿制服的密码
在无线电台的波段里，发出欢呼或梦呓
忽而隐现上帝的话语

2017 年 12 月

访问学者

她的公寓里有两个国家
辨不清谁是主体，谁是寄居
石英钟系本地时间，手提电脑右下角显示另一时区
冰箱巨大，仿佛第四季冰川
韭菜虾仁水饺遇上前任留下来的奶酪

她来自唯物论国家，到此研究神学
在昏暗书库里寻找光明
不知校车的橙线和蓝线，哪条开往天国
老橡树上的松鼠使她有了写诗的冲动
待归国，将成为一个诗人

她持J1签证，小学生儿子跟来当J2
烧饭、接送上学放学、步行背回牛肉
督战儿子每天以不同语言完成两个国家的作业
儿子成J1，她沦为J2
丈夫在遥远的祖国守身如玉

偶有来访：身高两米的黑人弟兄借钱

同胞倾吐东方特色的烦恼

对他们，她一律开出信仰的药方

如果望够了窗前漫卷的云

她就出行，坐在火车上看大西洋荡漾

2016 年 7 月

西黑文海滩

我浸泡在大西洋里

海水连着遥远的约旦河

浑身上下捆裹保鲜膜

以抵挡春季高纬度海水的冷

模样一定像拉撒路

只把细麻布换成了塑料

靠浮力托举，在水面滑行了一段

我仰躺，看见一大朵云

由东向西奔跑

上面隐约着慈祥的面容

船在远处鸣笛，怀抱一排巨浪

旁边栈桥上垂钓者以纤细的审慎

切割着海面

欢乐居住在沙滩上那些贝壳里

一只海星正翘首盼望着星辰显现

忽然我下沉，没顶如深渊

猛地又浮上来

已经成为另外一个人

鼻腔和嘴巴里的咸味

对应着对于世界的永恒敌意
朋友在岸上喊我的名字
听上去那么陌生
往惜过于沉痛
需要用一个大西洋来清洗
从海里爬出来
阳光的天鹅绒上有花朵盛开
一次真正的行为艺术
将我的此生一分为二

2016 年 6 月

马诺阿公寓

这幢大楼头顶上有太阳滚动
第十三层巨大的窗前，我久久独坐
季风拂过夏日腰间
马诺阿山谷的峰峦一直在等着天塌

近处农学系戴着斗笠，以区别其他学科
东西方中心会议厅，正聚集哲学家
为全人类吭哧吭哧赶着逻辑的老牛拉着思想的爬犁
缅栀子和木芙蓉准备大婚
溪水流下沟涧，去找寻故里
它们的美削弱了学术

楼下传来公交车报站声，说着草裙舞式的英语
它穿大号鞋子从山谷深处跑来
没错，就是在这里
一个白人女子曾经就读人类学
并准备为美利坚生一个黑人总统

远处，宅第依山，云朵倒扣

山谷尽头，没有蝙蝠，也找不着出口
永远有一团雾气在提问
藏匿的瀑布在宣读圣旨，丛林法则修正案

下午三四点钟，彩虹总会撑起谷底
我用目光将它收割
没有国籍的海鸥提醒：这是在岛上，大洋深处

这山谷适合徘徊，让内心空空荡荡
适合以游学之名
把读过的书统统忘掉
适合我寻一处浓荫，提前为自己筑一座衣冠冢

2016 年 10 月

瓦基基海滩

凌晨五点，我就跑了出去

念叨着 Waikiki，Waikiki

音节在唇齿间蹦跳，想起卡通和婴儿

这里属于天堂的分部

也许还是自由的一小片衣襟

吹过来的风，非常年幼

我和大榕树的须根一起飘荡

火山沉默，它的脉管连通地球的内心

偶见跟我一样早起的人，扛着冲浪板

到海上去当堂吉诃德

一个古铜色陌生人请我帮他拍照

对准焦距，我说："把你和月亮一起拍进去"

小螃蟹爬上堤坝，无视我的脚丫，继续赶路

浪花妄想在礁石上停驻，一直盛开

太阳越升越高

海和天一起告诉我：真理是蓝色的

细软沙滩总会种植气象万千的身体

此刻它空旷，像一条卷着边的空毯子

我坐下来，准备读一会儿书，读给太平洋听

读给厚厚的云朵听

它们对我的应答

埋藏在巨大的呼吸之中

双肩包不辜负万里路

里面的半块巧克力和几粒青豆，成了早餐

抬头望见椰子，正好用来止渴

我独自走出那么远，有的人永远不会再相见

2016 年 10 月

珍珠港

被所有大陆孤立，无论到哪儿

均需六小时航程

在这样的大洋中央

云彩几乎关闭了天空

天空不在头顶之上，而是犹如帐篷

笼罩着四周

一座海洋墓地

在波光里闪耀，迷失在去往天堂的途中

亚利桑那号半隐半现

用受伤的脊背

驮着整个港口

它揣着一个太平洋那么巨大的孤独

成为海底教堂，桅杆当尖顶

死去的人在水面以下

在珊瑚、海草和游鱼之间

依然年轻

保持祷告的姿势

名字和姓氏之间生出绿苔和螺壳

七十五年了，沉船还在漏油

油晕一直在水面写着遗言

波浪弹奏着安魂曲

海鸥叹息，翅膀尖上缠着黑纱

早上八点，哀乐响起，一切动作暂停

默哀一分钟

岸边的老椰子树因年轮里的记录

脉搏加快

信号塔里储存着不安

打那以后再也不敢犯困

炸弹的躁狂症

掀起血的风暴

平假名片假名的呼啸

使元音辅音下决心

先迈左脚而不是右脚

地球外壳依然坚硬

美利坚没有被炸沉

如今密苏里号亦停泊在此

一艘舰艇的甲板当了举世瞩目的书桌

一艘舰艇解放了天下

我恍惚，不知看到的是历史

还是历史的倒影

我确信，失败和伤悲

显然比胜利和荣光更为深沉

此时此刻，海港蓝白相间

游客佐藤，来自广岛

想弄懂英文告示

我译成汉语写下来，被他当成日语读懂

想当作家的德国女孩劳拉

给露天陈列的鱼雷的螺旋桨

戴上了一朵木槿花

不远处的海面，美国大兵立在船头

风多情地吹过他的肩膀

风说：他好帅啊！

2016 年 6 月

大中央车站

早上七点，谁正从大厅拱顶往下看
透过十二星座的绿色穹窿
看见了我

那是最权威的视角
我知道自己的模样慌慌张张

人因挤过摩天大楼缝隙而变得瘦高
42 街的雨丝还挂在发梢
半杯咖啡在手中摇晃
小甜饼被咬掉一角，上面镶着的巧克力如同钻石

半个江山放入行李箱，多个机场标签贴上前额
当滚过大理石地板
无人能辨别它的国籍，母语沉淀
在箱子底部
那本《浮生六记》多么像一个密码本

如此空旷而高大的空间

让人忍不住抬起头深呼吸

想唱一段华丽的歌剧

如果不能仰望星空，那就请仰望天花板

椭圆窗户雕着橡树叶和橡树果

球形吊灯被电的意志引领

却怀了结交星辰的愿望

在老电影式的昏黄光晕里

从雕花的黑色铁栅栏售票窗口

递进一张美钞

仿佛在二战电影之中

有人正要去会那将上战场的情郎

"24号门，还有三分钟。"

绕过猫眼石四面钟

那本该相约"我们钟下见"的地方

直奔站台

火车开出了老旧的地下

开出了笼罩在阴影中的整整一百年

开出了曼哈顿浩浩荡荡的涂鸦

不久就会望见中世纪般的白云
不久就会望见像命运一样辽阔的大西洋

2016 年 5 月至 2017 年 11 月

肯尼迪机场

子夜，肯尼迪机场第八航站楼
灰色钢椅上
一个人坐着发呆

先吃汉堡，又吃热狗，再吃冰激凌
味道里有1：7的汇率
我用食物来抚慰这个长夜

西部的朋友在散步，看夕阳
打电话来，嘱咐人身安全
"纽约跟其他地方还是不一样的"

悬挂在头顶的电视，在竞选总统
在心里投希拉里一票
有了女总统，这个国家才更美利坚
手机微信里，妈妈跟弟弟一家在地球另一边
刚吃完午饭

在布鲁克林预订的客栈房间

在等一个永远不会抵达的人
空荡荡的床上睡着一团对于我这个人的想象
信用卡替我致歉

闭上眼睛，似睡非睡
哦，人在美国
做了一个中国梦

有的飞机在起飞，有的飞机在降落
空气动辄承载上百吨
如此风云际会，如何才能安睡？

2016 年 5 月至 2017 年 11 月

纽黑文之春

——给 LX

普罗斯佩克特街上的神学院
红砖墙倚靠着山毛榉
黄昏，风中伴随花香，疑有天使飞过

橙线校车经过街角菜园子
里面的韭菜和香菜，结中国籽，害怀乡病

中餐馆的烤鸭何德何能，敢叫烤鸭
相比之下，你我的糟糕厨艺完全可以走向世界
一个关于卖馅饼的商业计划
在虚拟中日益具体和庞大

第九公寓拐角，一株细长的白桦，被暗暗记住
邮箱没有寄来神谕，倒是寄来广告
黑人小伙永远在楼下修车
走廊飘来英语，竟是河南腔
电脑储存英文版中国现代文学，身份可疑

窗前的大橡树见证了

那个讨论天堂和地狱的下午

灰白色枝杈伸展得那么宽广和盛大

松鼠在上面一溜小跑，偶尔停下，与窗内对视

亲爱的韦恩，脸上有抑郁和激情，冰与火

亲爱的琳达，制作 meatball（肉丸）因难以下咽

而被众多肠胃铭记

他们唯一的儿子永远走在回家的路上

当乐队以重金属摇滚来演绎赞美诗

巨大轰鸣托举着祝告，拨开云层

这个迟来的春天如此浩荡

有人像脱掉铁盔甲一样

脱去了旧人

终于在大西洋里做了这个时代的拉撒路

2016 年 5 月至 2017 年 11 月

感恩节

火鸡一瘸一拐地走来
外酥里嫩，祷告词缝闭在腹内
它忽然开口，有百里香和黑胡椒的味道：
感谢主

南瓜派被烤出了境界
金光闪闪登临桌子
它在被吃之前，发出香甜软滑的嗓音：
感谢主

在吃火鸡和南瓜派之前，先谢饭
为赐下美好食物
能让我们活着
由衷地说：感谢主

如果没有火鸡吃，没有南瓜派吃
甚至没有土豆泥和沙拉
而只有西北风

那么这西北风里也必定有祝福

仍要说：感谢主

主总是有理

主永远都是好的，永远都是对的

三百六十度全方位无死角

感谢主

2017 年 11 月

信号塔

信号塔矗立山巅，孑然一身
相邻的山头上，并无一座母塔与它匹配
独身也是出于对生活的热爱

一个人抵达山巅，还想继续沿钢铁架构攀至塔尖
触一下潮湿的白云，嗅嗅天堂的味道
替人类瞭望一下前程

信号塔不是巴别塔，它只望天而不通天
亦无资格像教堂尖顶那样谈论救赎
它其实类似田纳西那只坛子，让周围荒野朝它聚拢

信号塔上足了发条，令周围空气发痒、微颤
它通知天空一些人间讯息
偶尔也把天上的想法，转发给大地

它采纳风的意见，收集飞行器的心情
它把晴空万里的热度和亮度积攒起来，去抵抗阴霾
它有时截留电缆里的幸福供自己享用

一群蝙蝠穿越信号塔周围的暮色，返回山洞练倒立

这些瞎子自带超声波以遥感未来

只有人类才关心命运，往天上发邮件并渴望得到批示

信号塔仰望天空的力度超过哲学家和圣徒

它每天早晨向天空脱帽致敬

周围山峦全都鞠躬，齐刷刷地配合

信号塔耸立山巅，没给自己留后路

它只拥有一条通往上苍的虚空之路

那条路在时间之外，那条路两旁栽满了小白花

2015 年 2 月

盘山路

盘山路充满狂想
高处巨石翻滚，低处页岩层叠

从盘山路远望
相邻两个小山包对峙，在下一盘棋
我的视线随一只鹌鹑移动，我与它共用一颗心

看得见群峰连绵，天蓝，风淡，太阳偏西
一个庄严的大气压
使这个冬日下午光芒万丈

我提着自己的心
越走越远，越走越高，越走越飘，越走越悬
越走越像行在老虎脊背
越走越没退路，感觉与尘世好聚好散

盘山路演示辩证法，我螺旋式上升
这样走下去，需要一根避雷针
需要一顶降落伞，需要在胆量周围

竖起一圈护栏

需要默诵：
"我是困苦忧伤的，
愿救恩将我安置在高处。"

盘山路之上，盘山路尽头
天色渐晚，抬头将看到星星伶牙俐齿
侧耳会听到天上的说话声

我走在盘山路上，孤身一人像一支部队
这样走下去，一直走下去
会不会在某个拐弯处忽然遇见
迎面走来的我自己？

2015 年 3 月

小山坡

下午三点钟，我仰卧在小山坡
阳光在我的上面，我的下面，我的左面，我的右面
我的前面，我的后面
阳光爱我

太阳开始偏西，我仰卧在小山坡
在我的上下左右前后，隔年的衰草柔软又干爽
这片冬末的茅草地如此欢喜
一个慵懒的人

我仰卧在山坡
坡度不大不小，刚好相当于内心的角度
比照某个诗句，把自己当成一只坛子
放在山东，放在一个山坡上

仰卧望天，清风、云朵、蓝天、喜鹊
一道喷气飞机拉出白色雾线
它们按姓氏笔画排列得那么有序
我还望见虚空，望见上帝坐在云端若隐若现

天已过午，人生过半
我独自静静地仰卧在郊外的茅草坡
一个失败者就这样被一座小山托举着
找到了幸福

2016 年 2 月

一个人在火星上

一个人独自居住在火星上

离地球五千万公里

飞船需飞行四年才能到达

一个人居住在火星上

与地球失联，自己跟自己聊天，跳迪斯科

每天遥望地平线和环形山

这些风景，使这里越看越像地球的表亲

一个人居住在火星上

为了求生，通过化学试验来制造水

种植的土豆长势良好

感谢在地球上念过的大学和专业

使自己成为火星上最伟大的植物学家

一个人居住在火星上

这四十五亿年来的第一人

成为这颗红色行星的最高酋长和独裁者

正将整个星球殖民

当想起欧洲、美洲、亚洲，像想起一些村落

感觉当选美国总统也算不了什么

一个人独自居住在火星上

必须启用新的历法

寻找一本火星版《圣经》来读

还会经常想起哥白尼

一个人居住在火星上

饮食起居，一天之中经历前世今生和来世

独自消受以光年计的孤独和幸福

一个人居住在火星上

偶尔设想，假如火星跟金星相撞

作为一个无辜的地球人

那一瞬应该抓住什么当作扶手

最终会被抛甩到哪个轨道

一个人居住在火星

遇到人类发射的太空船遥控车正在工作

会忽发奇想，朝地球扔一块石头，变成陨石

传达星际芳邻的信息

并收藏进航空航天局

一个人居住在火星上，天天胡思乱想

一个人就这样独自居住在火星上

对地球害着怀乡病

想念那边的亲人

期待有人用望远镜看到他

等着有人乘飞船来接他回家

2015 年 11 月

谁在撬动地轴

1976年7月28日3：42，唐山地震，8.2级——
余震波及泰山北麓余脉
每晚，父母把一只兰陵白酒瓶子倒扣桌上，作报警器
我还是学龄前儿童
会背"兰陵美酒郁金香"，总觉那是李白喝空的瓶子
某日夜半睡梦中，我被酒瓶摔倒之声惊醒
遂从床上跃起跳下，置爹娘于不顾
飞跑出房门，一个人躲到了大院空地上
就这样我成了家中的"范跑跑"
他们说"这孩子将来指望不得"
许多年过去，提及此事，仍令我害臊
现在我想说，那致命的3：42在等着每一个人

1995年9月20日11：14，山东苍山地震，5.2级——
它波及济南，我正在花园小区出租房写小说
感到稿纸下面的书桌好像要跑
脱离正在写着的故事情节
抬起头，墙壁微微发抖，提醒我发生了什么
我闪电般冲出房门，像皮球一样滚下四楼

那一刻，我晓得文学原来是渺小的，远没性命重要
我知道，今后还会有这样的 11：14

2006 年 7 月 4 日 11：56，河北文安地震，5.1 级——
波及北京海淀区，我正在北洼西里十八层楼上打长途电话
杯子里的绿茶晃动，像有人摇我的椅子
我头晕，疑心自己低血糖
接下来，高楼开始跳舞，而且是华尔兹
我忽然明白原委，对电话里说"地震了！楼太高，我跑不了！"
晃动在十秒钟后停止，我对电话里说："我还活着！"
当然我知道，今后还会有这样的 11：56

2008 年 5 月 12 日 14：28，四川汶川地震，8.0 级——
那时我刚从巴蜀飞回齐鲁，只记得油菜花开满西南版图
那么多陌生人在瞬间死去，成为古人
我为自己躲过一劫，感到既幸运又羞愧
那油菜花鲜艳得疼痛
它们开败了，枯萎了，凋谢了，飘零了，吹散了，化灰了
结出的是最悲伤的籽，榨出的是最苦难的油
其实，我想说，那黑暗中的 14：28 在等着每一个人

2010 年 1 月 12 日 16：53，海地地震，7.3 级——

地球打一个哈欠就使那么多人魂飞天外
四年前我到达过墨西哥湾和加勒比海之间
与海地只相隔半个古巴

2010 年 2 月 27 日 3：34，智利地震，8.8 级——
那是北京时间 14：34，我恰好在课堂上
讲到聂鲁达和米斯特拉尔两个伟大诗人
并在大屏幕上展示那个国家多山的狭长地图
现在我知道，不分国籍，不分肤色，不分身份
这样的时刻在等着每一个人

2010 年 4 月 14 日 7：49，青海玉树地震，7.1 级——
我还在睡懒觉，枕着昨夜翻开的书本
全然不知有一个地方叫玉树
伤口熊熊燃烧，剧痛光焰四射
一个美丽地名也不能保佑一方平安
究竟是人类超载，还是这颗星球转动得加快了呢
竟使得大地版面频繁套黑
我跟所有形容词都结下了仇，认为它们粉饰或煽情
毫无疑问，那是全中国所有钟表的 7：49

此时此刻，我尚存活于世，存活于无常之中——

不知能否活过

这幢建于二十世纪八十年代的旧砖楼

我在里面喝咖啡，听莫扎特，打字，呼吸，睡眠，看窗外细雨

却对地球几乎失去信心

怀疑有谁在撬动地轴，蓄意制造惨案

我偶尔会杞人忧天，仰望天花板

不知何时被压倒，被吞没，被埋葬，被挖掘出来

图片登上报纸头版

2010 年 4 月

在黄河边

1.

所谓大堤，就是两堵又长又高又宽的墙
把世界上性格最压抑、情绪最无常、命最苦的河
硬硬地牢牢地拦在了里面
墙头上刮大风，跑汽车，走着穿红衣的我
雪和太阳互相照耀着

2.

河面漂浮着挂雪的冰块，这长了皱、白了头的河啊
从巴颜喀拉山一直来到这里
如今它的步履为什么这样沉重这样缓慢
让人误以为它已停滞或已睡着
是胆怯，是过于兴奋，还是不知所措呢
是的，现在离那个伟大的目的地，离渤海湾的怀抱
离最后的相见
只有两百公里了

3.

高原和大海之间的思念

就用这条河来相牵

而我的一生，靠的是一根电话线

这电话线真的比黄河长，比地球上最长的河都要长

4.

滩涂苍茫，我的心苍茫

这雪地胜肌肤，是翻版也是原创

枯草要么顶着霜花微笑，要么在地下做幼稚的梦

大片杨树林把光秃枝干直伸蓝天，把根浸到坚冰以下

当干芦苇俯向水面的时候，腰身多么美

5.

灌木丛的水洼里一群野鸭受到惊扰，突然飞起

它们的翅膀把冰雪和沙土带上晴空

却难以理解天空的国际主义

这些土著性子太拗，它们不去南方过冬

再冷也不肯离开巢穴破旧的老家

6.

北岸的山叫鹊山，南岸的山叫华不注

一座嵌进李白诗中，一座藏在《左传》里

它们隔着河，隔着线装书，已相望了无数年

但不曾挪动半步，一直想伸出来拥抱的胳臂永藏身后
那座德国人建的百年铁桥没有一颗螺丝是松动的
一列白色动车正轰隆隆向北，开往首都
我想，待来年春天
河水轻雾弥漫，稻池荷塘麦野青青，我，加上远来的客人
就是所谓"鹊华烟云"，就是经典

7.

谁能说出这条河的血型
谁知道它在大地上雕刻的是什么图案
在下游，在即将到达入海口之前
在这个雪后晌午，它究竟怀着怎样的心情？

8.

我在雪地这张白纸上奔跑、跳跃、打滑、摔倒、四脚朝天
我欢天喜地，我乐极生悲，用身体写下祝愿和向往：
天气越冷，就越高兴
风刮得越大，就越想干革命
雪积得越厚，当然就越想谈恋爱啦
———我的话，让黄河做证！

2008 年 1 月

在泰山下

1.

它就在窗外。它是山峰的基本型号和代表

它是雄性的，有巨大的睾丸

春风可让它萌芽，但不会使它受孕

当草木莽莽，海拔应略有增高

这山可作镇纸之用，压住风起的平原

使半岛紧依大陆，不能漂移

使河流按既定方向淌进太平洋

使国泰，使民安，使今夜小旅店里的我入睡安然

2.

用繁体隶书写出，那么大的一个字竖在那里

这个简单的象形字

每个笔画都得动用直升机来完成

石径、瀑布、庙宇和香火，使这墨迹深浅不一

植物的神经末梢正合爽脆斩截的笔意

只有圣人可以把这个字临摹好

从登临处直至海拔 1545 米

3.

我的痛苦并不能使它降低一寸
我的孤独，占地面积跟它周围的平原一样广大
心里最陡峭处有一千八百级台阶

距离太近，无法逃出它的倒影
行走时，必须将它背负着
此刻躺在这小旅馆，从身体的南天门到玉皇顶
我何其疲惫，怎样才能穿透心中的迷雾、几何和代数
——看见日出？

4.

一座浑身写满了字的山一座有学问的山
说话时用古文，用政论的口气
声调坚硬以致刻进了花岗岩
叹气和尾音是那些虚词，石锈斑斑，字迹洇漫

我只能轻如鸿毛
一片叶子遮挡住眼睛，就看不见整座山了

蚂蚁一样的我还企图移动它

我必须为今生来世
在内心举办一场封禅大典
我必须为世俗生活种上山楂、核桃和板栗
在灵魂道旁手植松柏和灵芝
我必须为从性到爱、从生到死、从绝望到自由的攀缘
修建索道

当我累了，打算结束跟这个世界的争辩
我不写欠条，也不贷款
只在门前竖起一块石敢当

5.
一列由南向北的火车
横穿过夜晚，摇动大山的脚趾
并向山涧里开败的桃花致礼
一架红眼飞机越过大山的额头和发际线
朝命运的机场缓缓降落
我依然醒着，以坡度和缓的仰卧姿势
而我的心，从来中途不停，是一站直达的特快
从来不中转，是直飞的航班

在这个叫山东的省份
假如这么大一座山也不能安慰我入睡
我只好服下两粒安定

6.
今夜独自蜷缩在这小旅馆，大山就站在窗外
明朝分手，该用摩崖石刻上的大赋，还是无字碑
已经不能由我说了算

从遥远南海上刮来台风，割破电话线的喉管
这些年我一个人生活得过于辽阔
天气预报从来不准确，在春天也会有雨夹雪

这些年啊，我总是用竹篮打水，给盲人点灯
为的是，让肉体青未了，让精神凌绝顶

2008 年 4 月

邮　箱

我们相隔多远？从网易到新浪那么远
邮件在光纤里穿梭
偶尔携带以回形针固定的包裹
字母上浮，汉字在邮箱底部沉没

我写给你的信，你写给我的信
有时同时跑过孤独的山东半岛
半路相遇，佯装不识
继续朝对方营地奔去

我们在邮箱里绝交过十九次
运载过胡萝卜、小红辣椒和蜂蜜
偶尔产生这样的念头：
一起在邮箱里过夜

个别时候，鼠标咔嗒一声
信会弹跳，改道去流浪、走亲戚
迷途知返或者走失
我曾经丢失过一车干草

大雪封门，树林沉寂

一种不可知的力量使邮箱连接了穹苍

一封你写的邮件穿过茫茫风雪

支撑起我的夜空，把星星旋拧在幕布上

2014 年 2 月

产　房

钢筋紧绷

每块砖都加大了压强

墙缝里有尖锐的针

阵痛提高了建筑的抗震级别

忍耐是一簇蕨

原始而安静

血肉是破烂的

被胀开、被撕裂、被缝合

又用疼痛这枚大头针

别在窄床上

疼痛大放光芒

成为身体的首府

疼痛在疼痛上签名

对把身体捣碎成一瓣瓣，表示负全责

女娲在补天

盘古在开天辟地

把创世纪模拟一遍

就这样理解了上帝

一次又一次冲锋和爆破

是为将卫星送入轨道

一个大陆的重负

须卸下再举起

在这个把世上所有爱情

都比下去的地方

没有婚姻，也没有绯闻

这是在告别，在说再见，在迎接

是冲破黎明前的黑暗

她们最有资格去跟医生

讨论苏格拉底

此时此刻

走廊里等候着：

小商贩、皮条客、说谎者

受贿的、复制粘贴论文的、造假账的

而最终只有她们会赢

在天边

升起旗帜

2018 年 1 月

写给卡米尔·克洛岱尔

去他的，罗丹
跟人生达成妥协的男人
成了大师
命运圈套带着诅咒
把女人箍紧
两片国土接壤演变为
宗主与殖民
去他的，罗丹
以及罗丹的影子和气息
十五年，无限中的一个片段
日历计量着的也许是
某种不存在
卡米尔·克洛岱尔，你的爱
住在他之中
那爱映照出了你
性别和才华在打架，在摔跤
巴黎的天空全靠爱情支撑
而今没有了力气
那就索性让天空

塌下来吧

一个在别处也可寻得快乐的男人

别再让他劳你的大驾

他爱的女人已化整为零

分散在各个不同的女人身上

你作为大于整体的部分

别再让他劳你的大驾

十五年，使用的是正常人身上的疯子部分

爱情把爱情摧毁

重新在一起的方式

唯有分离

彻底删除才能永久保存

从相爱那刻即被抛弃

去意已决，才对得起那初次相认

卡米尔·克洛岱尔

要么百分之百，要么零

谁也不是谁的狱吏

靠进入大师作品而获永恒

是某些女人的愿望，并不是你的理想

如果可以的话

爬上巴黎圣母院钟楼，爬上埃菲尔铁塔

逃离罗丹

坐上马车，坐上汽车，坐上轮船，坐上飞机

逃离罗丹

你做你自己的方舟

逃离罗丹

此人不再是

你在这颗星球上找寻的

不再是

地图上的目的地

相距甚远地活着

爱泥巴胜过爱男人

亲爱的卡米尔·克罗岱尔

围攻的号角吹响了

孤身一人

对付所处时代

和湿冷的精神气候

心要横放，姿势保持僵硬

一旦柔软则全盘瓦解

抽掉脚下大地，那就抬头望天

并向上飞翔

那个玩泥巴的小女孩

独立于欧洲的空气，制造出自己的空气

一道自上而来的光

照在手上

斧子、凿子、雕刀使得

石头血肉四溅

渐渐浮现出

一个宇宙

亲爱的卡米尔·克洛岱尔

朗姆酒使你飞翔

高度易燃易爆物品

对人性平均分深表怀疑

把雕像砸碎或扔进塞纳河

没雕刻出来的远比已雕刻出来的部分更重要

不能在有形中找到的，就在无形中找到

生活不安全

房屋做掩体，仿佛外面正在空袭

以木板钉死窗户，跟人类不再往来

突破人的限度来寻求自由

飞越罗丹和罗丹们的头顶

直达蒙德菲尔格和沃克吕兹的疯人院

一个人类中的异族人

与上帝不再相连

四十余载，只差一疯

唯有一疯，方可抵掉

十五年相守

以两倍岁月来缄默

直接判决，不许上诉

赤手空拳，自己即雕像一座

一双看不见的手

将你雕塑成这般

挺立于石楠的荒野

墓前 1943—NO.392 字样，最终也被

推掉铲平

脚下一片虚无

弟弟从远方归来

看见苔藓和地衣的孤独

那个女疯子或女英雄

你在哪里？

当许多年以后

电影《卡米尔·克罗岱尔》

被翻译成汉语《罗丹的情人》

在不属于你的时代和国度

你又不甘心地

死了一次

2015 年 1 月

从　此

1.

从此，我漂移，彻底离去
一座半岛变为一座孤岛
海茫茫，天茫茫
谁也不是我的大陆

静好的岁月之下一直埋着雷管
只是谁都未能读出
它脸上的讣告

2.

从此，所有的拥抱都松开
所有的吻都下陷
所有的等待都撤退
所有记忆都被拦腰砍断
所有时间都停留在本初子午线
所有回望的脑壳都不会撞墙，而是撞上虚空

就连大地，也不再占据同一块

天空也不再分享同一片
太阳，最好不要在那同一颗照耀之下
月亮，你的那个当然要比我的圆
银河系里有你，就不会有我

3.
从此，你的人生将更加划算
一箭双雕，一石二鸟，事半功倍
成功在你身体里栽满鲜花
筑起钢铁长城
只差以你的名字来命名月亮上的环形山
可喜可贺

从此，你舍弃一棵树，获得整座森林
何况是森林之外
孤零零的那一株

树与树的距离决定
是否入林

与每棵树都相距甚远的
那一株

不在此林，也不在彼林
深一脚浅一脚
生来只喜欢挨着地平线

4.
从此，以残缺来保持完整
这是把你永久保存的方式吗

也许根本不想保存任何事物
只想重新做回那个寂静的穷孩子
在台灯下制造闪电
不畏惧众叛亲离

后退，为了能够前行
放缓，为了加速
放弃，难道是为了获得

爱是个体之爱，是一对一
是毛笔、2B 铅笔或蓝墨水的手写体
写在竹简上、绢上或纸上
进不了模板
不可临摹，不可仿写

不可复制粘贴，不可转发，不可抄送，不可自动回复

不接纳广告不发布新闻

请阅后即焚

拒加好友，不接收评论和留言

不入微信群和QQ群

不联合署名

印数一册

版权所有，翻印必究

只独唱，不合唱；只清唱，不伴奏

只独舞或双人舞，不要团体操

是大床房或标准间，不是青旅

要一堆篝火或一只壁炉，不要集中供暖，否则宁愿寒冷

5.

从此，你居世界中心，如果这世界

真的有所谓中心

可喜可贺

我在僻远之地，在荒凉寂寥里

每天都有生长

与你无关

6.

从此，你在人行道上遇见

某个仿佛是我的背影

这些我不关心

你也许会想起我，一寸一寸地想起我

我的丰饶与贫瘠

经常想，偶尔想，或者罕见地想起

这些我不关心

你不可能在其他人身上

找到我

我不在那里，不在任何地方

犹如一座孤岛，独立于大陆之外，向着海，向着无穷

7.

从此，牛奶洒到了地上，就不能收起来了

牛奶洒到了

——地上！

从此，城墙被毁，光景惨淡

你并不是那个帮助垒城筑墙的人

在耶利哥城内，听到墙外喊声

没有得到来自高处的应许

任你行走七日并且吹号，我也要守住我的迦南

8.

从此，脚步只与行李箱的轮子押韵

走过的道路全都塌方摧毁

往事，不过是一把灰，需要一阵西北风

鸡爱上了黄鼠狼，耗子爱上了猫

兔子爱上鹰，沙丁鱼爱上鲸

羊爱上了狼

这是跨物种

这是食物链错乱

穷人把仅有的给了富人，是为

让富人更富，让自己更穷

不必否认，在我和你之间，有一个社会

9.

从此，不关注星座运程

不查看你每年每月每周每天过得可好

只在地图上游完过整个半岛
十五年正在变成十六年
差不多相当于六分之一个世纪
既非人生终点站，也不是里程碑

万事皆有定时
你我在这宇宙之中，如何才能成为
例外

10.
从此，只有山高，再无水长
只有花好，再无月圆
只有云淡，再无风清
空谷中不见幽兰
藕断之后，丝不再相连

从此，冷卷丢掉青灯，针尖失去麦芒
桃红没了柳绿，晓风没了残月
干柴再也找不到烈火
快刀将乱麻斩断
小巫和大巫永不相见

从此，水至清，无鱼就无鱼吧
鸡犬之声永不相闻
青山不留，没柴烧又何妨
雨过之后天继续阴着
放火和点灯都可以了

从此，一辈子不见不过如隔三秋
流水无情，落花也无意
身不在曹营心也不在汉
汤和药都统统换掉，旧瓶什么酒也不装
老调再也不会重弹了
屋是屋，乌是乌，不可混淆

从此，分青红皂白，知天高地厚
子虚怀念乌有
从此，一风吹，从此，风马牛，从此，东风破
从此，后会无期

11.
从此，唯死亡对我们立下的承诺，永不改变
唯上天对我们的怜悯，永不改变

唯地球围着太阳转，永不改变

与悲伤斗争，悲伤赢了
放弃斗争，任由悲伤掩埋
从它中间长长地穿过，似永无尽头
无须帮助，一个人
就 OK

12.
从此，你的电话号码和我的电话号码
注定要患上永久的怀乡病
半岛被雾霾笼罩
你我永不相见

灵魂的枝形吊灯
朝着四面八方照明
读了《圣经》，又读《山海经》
卫星能探测到天堂和地狱吗

13.
从此，我们之间只有空气
并且不流通

你的帝国膨胀，殖民地还在增加
可喜可贺

我的每一寸领土
都决定起义
宣布独立并终于独立
谢天谢地

背过身去
就是古人
并不比两千年前的人更真实
是陌生人，比世上所有人都陌生

14.
从此，过去的十五年或十六年
是一条单行道
路面在裂变在崩溃
沿途一切都不会发出回响

跨过楚河汉界，长驱直入
理由是爱，爱的理由又是什么
爱无须理由，无须理由的爱看上去很纯粹

荷尔蒙伟大

我本不是一个好女人
我被掠夺成了一个好女人

绝地反击，收复失地
弄得像南宋抗金
请退出我的版图，回到楚河汉界的那边去
江山已经变了颜色

15.
从此，那些写给你的诗都不是写给你的
读者不在现在和未来
而在过去

我写给屈原和李白，写给萨福或荷马
用掉十五年至十六年，时间它自己
写了一首长诗
自己做读者
又宣布作废

16.

从此，将忘记你
你将面容模糊，你已经变得模糊
让底版丢失吧
对过往，焚书坑儒，拒绝承认历史

我爱上没有你的状态
失业的自由的日子
仿佛一个个绿色方格子，还戴着铃铛
时间将空间撇下，空间如何追赶时间
见证我们最终的消失？

17.

从此，你消失
这十五年至十六年成为绝望之源
在我从青年走入中年这一大片光阴中
我们成为彼此的人质

以不安全感和不确定性
许诺未来

两个我，一个坐在中国最大半岛的中央

一座千万人口城市的南端
接来自某个角落的电话
另一个行走在北美，在中西部大平原的小镇
望着教堂的彩色玻璃
这两个我，通过一本英汉辞典
而成为一体

这是扩大自我空间的唯一方式
终于扩大到可以有力量
使你我远离
谢天谢地

18.
从此，开始用过去时态谈论你
或者永不谈论

从此，人质被解救
各归各位，各回各家，各找各的妈
在各自饭桌上吃各自的米和馍

线装的爱情怎能容于平装的时代
更何况还要求做孤本！

19.

从此，西出阳关无故人，从此，春风不度玉门关
从此别矣

20.

从此，眼睛一眨不眨地盯着命运

从此，把伤疤当文身

从此，白天做梦，夜晚做梦，三百六十五天二十四小时轮轴做梦

从此，大海紧随天空，一起延伸铺展

从此，泰坦尼克之后继续造船，撞沉的是冰山

从此，一个人，那不叫孤单，叫圆满

从此，一座孤岛，也是一片大陆

从此，咖啡杯和椅子也进入辉煌的中年

从此，桌上的石莲花以胖为美，舍我其谁

从此，靠书籍垫出的高度，摘下苹果和云朵

从此，馅饼为运气而生，专砸傻瓜

从此，有不怕死的决心，也有不怕活下去的决心

从此，有相伴的力量，更有不相伴的力量

从此，把华夏家谱追溯至以色列

从此，把"是"说得洪亮，把"不"说得铿锵

从此，认输，甘心，舍得，服气

从此，请求宽恕，罪人变义人
从此，大地安静，星际浩阔
从此，我的爱
由平行变为垂直
方向只有一个

2015 年 12 月至 2017 年 11 月

在肇源

1.

天蓝，云白，湖靛，稻黄

四周都是地平线

是一年一熟的空旷

在这里，感觉地球是平的

土地只能用极目远眺

来丈量

地下的油，被散落野外的机械装置

用鞠躬的方式

抽上来

2.

请指给我看，那条江在哪里

那条用船把一个恰博旗的少年运往远方的大江

北边是上过的小学，南边是上过的中学

一个人的童年和少年

中间隔着一大片稻田

倘有一封信要寄往
二十世纪八十年代
该写什么地址和门牌号

一场秋风正把所有往事收拾并捆扎
在青年和中年之间
相隔的不是一片稻田，而是
一阵恍惚

3.

在肇源，死亡正新鲜，刚刚采摘下来
插在瓶中
融进了暮色

死亡要求我们与它对视，目不转睛
死者靠了死亡的养分，在时间和空间之外的某处
幽居

死亡给每一个活人都发了电子邮件
请注意查收

而疾病是刺青

有疼痛的美丽，图案和文字大有深意

人以顺从命运的方式获得自由

几颗心脏围在一起

用小盅饮茶，有人则偏爱瓶装凉水

橘子在几案上缄默，保持中立

谈论过太多沉重话题之后

夜深了，四周忽然静下来

神坐在了大家中间

4.

窗帘别拉得太严

躺在床上，可看到星星赤脚走动

众星还会以链条相挽

深夜空荡荡，有好几个夜晚那么广大

偶尔路过的卡车步履沉重

运输一个严重超载的时代

物品放在原处，不要挪动
屋外的岔路口和拐弯处已标上记号
灵魂正在回家途中

5.

小超市自某个夏日夜晚打烊之后
再也没有营业
悲伤支撑着沿街的门面

屋后小菜园因再也等不来故人
而现出萧瑟之意
一垄垄菜畦，觉得今秋来得太突然

主人留客多住一日，西红柿和茄子也这么想
我同意西红柿和茄子的意见

一阵细雨飘来
豆角说：这样悬挂着太累了，请让我下来

6.

站在树下吃李子
酸和甜的比例势均力敌

吃一枚黄的，再吃一枚红的

蹲在门口，把菇娘果吃掉一颗又一颗
这种小果子，既已自带了纤维本色纸的外包装
为何不再干脆自带果皮箱

小狗的眼神很懂事，她跟大家围坐一起
在餐桌前等候开饭
鳌花鱼从松花江游进盘碟
我吃得出它在海里一定有亲戚

7.
当晌午转动着门廊，我们朝村外走去
向日葵与太阳之间有一个汇率

一条泥路从豆田中间穿过，不知伸向何方
车辙历尽苦辛找寻轮子
两旁高大的白杨沙沙响，支撑蓝天
使人仰起头，目光向上

树荫的干涸沟渠里，一个铺盖卷，一只旧沙发
流浪汉临时安了家

一小块私人领地，有它的深情

秋风吹过一个村庄的孤独
心一下子跃上云朵

手机音乐响起，提议跳节奏热烈的舞
在这松嫩平原上
天旋得开，地也转得动

8.
稻田一望无边
准备收割的利刃已闻到了糯和香

走在田埂和渠坝
看见一株株站在水中秉烛祷告的香蒲
以纤弱笔力签字的芦苇

蟋蟀的叫声穿透黄昏
一轮落日轰轰烈烈滚过西天

三人行，四人行
风穿着大号的鞋子

从不考虑先迈左脚还是右脚
北国的凉意也宽大处理
用钝箭头布置着真理

在同一条小径上往返数次
好父亲都不爱说话，作为男人理应寡言
用沉默含住痛苦
给泪水筑上大堤

9.
坐在窗前，同样可以望见这一大片稻田
成熟到慵懒，临近分娩
时间就在它们由绿转黄的那个刻度上
一边停留一边消失

一群灰雁从稻田上空飞过
前来告别，准备轻装南下
它们身体里有温度计、地图和指南针

秋天列出一份苛刻的清单，不足半页
其中就有这片稻田
所有没有列上去的世间一切

都不存在

世界末日来临之时，这张清单
还要继续缩短

10.
一直往西走，走过一个牌坊
就到了县城
它在繁华中度过的每一天都是虚妄
完颜阿骨打的根，静止不动

有一个餐馆，名叫"羊做东"
至于这世界的东道主，爱谁谁吧

我只寄希望于远处树梢丛中
那隐约的教堂尖顶

11.
城外，江边，人稀少
聚在灌木丛边合影，在拍下的那一刹那
我已站在很多年以后开始怀念它

小山冈老想沿江岸奔跑
坡上马尾松还没意识到秋已来临

挖沙船吃水很深，发出喘息
码头天生多情，有柳树，有晓风残月
吨位相当于这条江
心中的忧虑

江水被船只压弯了脊椎
江水不回头，总在搬运理想与前程
往昔之人，天各一方

这源自长白山之水，并不在时间之中
而是推动时间在走

12.
行李已经打好，整个家国都装了进去
准备跟随大雁的线路
开拔

待大家都离开之后
整幢房子将变成一座塔，深陷冥想

它会把自己积存的书籍

统统读完

待远行的人启程之后

大平原会松懈下来，整个肇源

将被大雪覆盖

2017 年 9 月

在白洋淀

1.

假设，只能是假设——
我有一张带星星的火车票
我乘上了那列四点零八分的火车
并且目的地是白洋淀
一片阔大水域将成为我青春的麦加或耶路撒冷
爱情和诗歌，两条经线和纬线
该在清贫之中被编织成怎样的苇席、苇帘和苇画
撑船下淀，按照一个时代的路线图
打捞和收割永远不会存在的一切
每天，跟巷口的月亮互道晚安
一到白天，就坐在苔藓和蒲草上，透过井口
遥望天空

2.

这个延迟了的春天，它侵占了五月
这是燕国和赵国的分界线
春光的心情在此分裂
河道、沟壕、淀泊、水村、台地千条万道

曾星罗棋布成大宋的北方的水长城

康熙乾隆的水围盛况

正在断碑的文字里消殒

看，那眉眼清秀的女子，是水生嫂吧

那些结实的男孩子应该都叫张嘎子

由白杨树护驾，客车在不宽的堤坝上行驶

我们这支诗歌的雁翎队来啦

3.

由陆路改成水路

在芦苇的绿墙之间，是水的深巷和街衢

在这尘世最柔软的道路上，装马达的快艇划出道道印痕

苇子还很新，是站在淀里的誓言

用清香挽留着这个黄昏

端午离得尚远，叶子还未生长到包扎糯米的宽度

至于芦花萧萧，那是另外一场梦境

我诚心诚意地相信，这些芦苇有着甜丝丝的骨节

茎秆在空中写着字句

谁说，"最好的苇出在采蒲台村。"

这里所谓村庄，不过是一个个岛屿在水中散落

4.

荷叶遮挡着初长成的花容

一只青蟹子端坐某个硕大叶片中央，面南背北称王

莲叶相连，一望无边，可考据"田田"二字

究竟什么样的定律，什么样的几何代数，才促成

这些荷花的肉体和灵魂？

野鸭和鹧鸪飞起落下

对自由恋爱并不采取防范措施

远处有一只老旧的木船，载一大船水草

桨声咿呀，摇着古老而缓慢的真理

5.

清晨醒得早了，有些孤单

一切早醒者，无论在京城还是在僻壤

无论荆轲，还是比荆轲晚到达此地 2196 年的那些年轻人

毫无疑问都形单影只！

阳光这镀金的穹顶，似乎被重新粉刷过，格外明亮

风是单声部的，是低语，从苇荡和荷丛吹过来

这个淀内小岛的血压和脉搏如此祥和

出门遛弯，看见麻鸭比我醒得更早，已集体上工

决心多多下蛋，还要下红心的

穿制服的鱼鹰正在彩排捕鱼的剧目

只是我听不懂它们的对白

乌龟正在浅滩合法生育

青蛙大度雍容，从水里爬上堤岸的甬路，成为圣贤

6.

会议室盛着大半个上午

茶水清澈，言谈飞扬

置身白洋淀，观赏白洋淀风光片

光盘和大屏幕把室外景色复制粘贴到了室内

分不清哪一个包含着哪一个，哪一个更清哪一个更真

就像分不清当年从京城来的年轻人

来了，走了，如今再回来，是否来到包含了离开

离开包含了归来

来和走，最终可以像一个圆那样合拢？

是的，我几年前写下的论文至今散发着青草味：

《白洋淀诗群的文化地理学考察》

此行目的，就是按图索骥、对号入座

并一一贴上标签

7.

在亭子和画舫的旁边

青草漫过男人的鞋子，野花长到了女人的裙子上

招引来昆虫和蝴蝶

一座木质的廊桥长长的，向着另外一个小岛延伸

宛如"记忆"本身的形状，把先驱和后来者

把年少时光和中年光景

把已做完的和尚未做完的

连接在了一起

8.

在大淀头村

在那没有出路的村口，我们下船登岸

隔年的芦苇秸秆长约一丈余，壮观地倚在山墙上

用枯黄讲述着青绿

废木船弃置街头，保持航行的姿势

误以为自己还运行在水上

拖拉机裸着内脏，突突突开过来

与泥巴路面惺惺相惜

柴油味和尘土味相混合，正是华北平原的味道

在似有按钮和摁扣的桥头

村民憨实地笑着，迎面走来

蹒跚学步的男孩像芦芽，怀抱着的女孩如莲藕

正在长大的人和正在衰老的人生活在一起，表情相仿

灰砖青瓦的旧房顶上长着野蕨

草籽必定在二十世纪七十年代就已撒下

一个农村生产队一下子出三个诗人，举世罕见

"这一天是哪一天呢？"

9.

十八里水路到我家

除了插稻割苇，织网打鱼，下罐捕虾，驱舟放鸭

还会有淀泊之间美丽的串联

煤油灯可以做证

期待和绝望曾怎样在辗转着相互找寻

当小聚之后又分手

雾气弥漫堤岸，月光在水中跳荡

在渐行渐远的小船身后，一个女生用歌声来送别

那是一个怎样的抒情时代

每个人都是汪伦又都是李白

水在淀里轮回，文字在书里轮回，小时在时钟表盘上轮回

姓名和地址也是轮回的

每个诗人，从辞行离别故地的那一天起

整整一生，都在从反方向朝着最初出发的地方回返

等他终于归来，立刻被叫回原名，而笔名只能在外兜风

命运会把寄出太久的信函，根据戳记

退回到它发出的地方

10.

在北何庄，重逢是另一种相识与别离

时光被打乱语序，宾语前置

1969—1975，我准备出生并在家门口玩泥巴

有人以二百五十元在此地安置梦想

乡村小学教师揣着内心星辰

在结了凌花的窗下写着二十六个音节的诗行

从藻苲淀的冰窟窿里被救起之后，坑头和棉被

就一直热着，热了三十六年，热到今天

飞尘的土路从未改变，许多年来一直为这次重逢做着准备

脚踢着的土坷垃是疼的，是 1969 年的疼法

槐花飘香，是 1975 年的飘法

五十余人的午餐安排在乡村小饭店

在贴饽饽熬鱼的香气里

祝酒词的度数超过了衡水老白干的度数

我为别人的岁月而泪光闪烁

在照合影的时候，快门的咔嚓声，听上去心惊胆战——

那是时间流逝的声响！

11.

篝火舔着夜空

并为诗歌朗诵加进了噼噼啪啪的伴奏节拍

烤肉把这个暮春当作香料，掺了进去

啤酒泡沫是快乐的碎屑，意识的残留，希望的幻象

生活的形而上的部分

歌声永无止境，朝着今晚的纵深挺进

像一个火车头拉动着这一群人

当最后一个音符坚守在柳树梢上

我们手拉手，踢踏着脚，在岛屿中央种植一支舞蹈队

低头瞥一眼用原珠笔画在臂腕上的手表，夜已深沉

于是两盏孔明灯被点燃，带着每人许下的愿

渐渐飞升

消失在了水天之间

12.

假设，我知道只能是假设——

让我出生得早些，让我有一张带星星的火车票

让我乘上那列四点零八分的火车，目的地白洋淀

我的一生，也会有这么一个个散落的淀泊

作为内心的留守地

也会有这么一大片水域浩渺荡漾，不肯退缩

抵挡全球的干旱

也会有这么一处野地，如此具体

以苍茫和蛮荒

映衬我体内的光亮和柔软

也会有一个大淀头村或者北何庄，这异乡中的故乡

传说着我的初恋，记载着我最早的诗篇

永远在水烟雾霭之中

等着我从远方归来

也会有"白洋淀"三个字，无论象形、指事还是形声

都四四方方，都绿蒙蒙野茫茫

用镇纸压在我的心上

2010 年 5 月

随　园

1.

随园在哪里？

曹雪芹知道，袁枚知道

红楼梦里的园子，写诗话的园子

让后来者在性灵说的香雪海迷途不返

太平天国以食为天，将名园夷为耕地

后来，部分区域由亨利·墨菲和吕彦直

设计成大学校园

东方风神外貌与西方筋骨相加

以一部《圣经》做奠基石

全中国最美丽最智慧的女孩子

999朵，每一朵都是红红的玫瑰

一个叫明妮·魏特琳的女人

取汉名：华群

她使随园一度做了生命安全岛

那是1937年，那是冬天，日历套了黑框

灾祸砍掉了地平线的一个角

长江成了这个民族的担架

此去经年，那些宫殿建筑，那些百年大树
理所当然都还记得她
每到学期伊始，都盼她回返
连风都在半山腰等她

2.

这个跟陶渊明一样喜欢菊花的美国女人
那个深秋她种植的菊花开放，一盆盆摆放成长方形
越来越近的炮火
使花朵散发出了沦陷的气息
中秋节之夜有螃蟹、菊花碗和姜茶
啜饮下去的都是过于模糊的美
似乎有什么要把月亮一口气吹灭
感恩节那天，一场灿烂的英文晚宴
南瓜做主，火鸡说了算
被译成中文，却充满平假名片假名的预感

3.

从东面岛国窜来的飞机
一架一架地哼唱着《君之代》

在别国的天空兴高采烈，像要去度假
空中狂笑引发大地呻吟

苔藓地衣一样卑微的苦力在抬水泥
防空洞在挺进在深入
大地以潜规则方式做出承诺
消防演习对于燧人氏的后代
就是救赎和戒律各自跑向对方

一座首都被搬动被挪移，人群涌出城门
抵抗者把大地天空当作墓地和遗书
四面是什么歌，围困了山高水长
十面有什么埋伏，包围了这个梅花的国家

4.
鼓楼教堂，她在警报中祷告，头顶着炸弹祷告
"救救这座城市！"
她相信无论轰炸多么猛烈
教堂的尖顶也不会沉没

她不西迁，她不走，她留下来
她爱着割去枯草后的山坡，爱着灵谷寺

爱着古旧城垣

爱着随园里的草木

"我可以差遣谁呢？谁肯为我们去呢？"

船遇险时不弃船，母亲不丢下孩子

她只听从上帝的安排

5.

胜利者的嘴脸因胜利而浮肿

在紫金山顶欢呼，用枪杆举起自由意志

旗帜上粘着一枚太阳，却与太阳法典背道而驰

因板块挤压崩裂而分离出去的岛国

对一个大陆所怀有的领土相思

全面爆发成不可一世

难道这是二十世纪的遣唐使？

像牧人率领一群羊

她引领一群中国妇孺穿过残垣断壁

穿过刀林与枪丛

穷的、弱的、老的、幼的、女的、来不及逃的

都被聚拢，当成宝贝

安驻在随园，那被刚刚缝制的众多星条旗手拉手

护卫着的学校

星条旗飘扬个人英雄主义，在异国首都

做了巨大的创可贴

6.

天不仁兮降离乱，地不仁兮使我逢此时

断水，断电，断路，断粮，断邮，断电话，断报纸，断无线电

断掉活下去的念想

血色艳过斜阳，火光映红夜空

六朝被一刀一刀地砍下去，血肉泥泞

孝陵卫崩溃，夫子庙半身不遂，新街口成手术台

浦口轮渡是活活窒息的瓶颈

与世隔绝的尸城，需要下一场福尔马林的雨

恐惧使空气分子发生裂变

活着成了最大谎言并被刺刀戳穿

生来为了被杀，不如待在母亲子宫不出来

死亡以突袭方式完成教育和启蒙

死亡在一座细腻温婉的城里赶集

死亡向往丰收，把一个贫病的国度当了肥料

7.

他们闯进了随园

像野猪闯进玫瑰园

男权与胜利相加，产生海洛因

让脑垂体膨胀

使每一截花花肠子都绽放出油花

二十一名羊脂球挺身而出

生命发出裂帛之声

随园倾斜，无法安宁

女孩儿们失去香气

成年女子成为自己的遗址和废墟

腹中胎儿永远缺席人世，挑着灯笼从泡沫河上远走

刽子手也有女儿、姐妹、妻子、母亲和祖母

刽子手也被日头照耀

8.

她奉陪到底一起承受，这默默的民族

已是苦和难的贵宾

她眼睁睁地看着

手无寸铁之人的死法多样又单纯

她为这个国度祷告，也为敌人祷告
"要爱你的邻居，就像爱你自己。"

东部岛国本性阴柔
有枕草子的清雅，源氏物语的幽玄
像俳句一样简洁地生活在意趣里的人民
用海草纸页将稻米整编成文件夹
清酒里荡漾樱花的魅影

而施虐者的躁狂基因从何而来
唯美竟渗透进血肉的味道
一身制服把人压进模具
一个口号腌制五脏六腑

远在岛国的家人
可否知道在西去的千年古都
他们的父兄、丈夫、儿子之所为
本民族的荣光产生仇恨的利息
统统储存在邻邦的银行

在具有共谋意味的民族犯罪里
个人承担的最低罪责在哪个刻度

当杀人成为巨大惯性

怎样的外来声音才能唤醒暴徒的良心

9.

矮士兵越过星条旗去暴打她

瞄准她的枪口则对她怀有黑洞洞的敬意

因她受的刑罚，他们得平安

因她受的鞭伤，他们得医治

人们称她"观音菩萨"

其实，她是上帝派到中国来的以斯贴

体格魁梧，容貌庄严，一人救万人

如果她是以斯贴，那么，拉贝先生

就是末底改

南京，就是书珊城

他和她，一个代理市长，一个代理副市长

他，她，还有他们

是大卫三十七个勇士之中的二十四位

3.86平方公里国际安全区，庇护二十五万无辜

这是有决心的诺亚方舟

红十字外加一个红色圆圈的标志

与随园"厚生"校训相合
即使在战争中，创世精神也不可侵犯

上帝，请来到因儿子被杀害而心碎的母亲身边吧
请保护那些女子度过恐怖的夜晚吧
上帝，请让战争消失吧
孱弱的国民正在地狱里
度过平安夜和圣诞节

10.
占领者作为占领者而统治
命令东八时区钟表调到东九时区
如有可能，会重划本初子午线，让富士山当格林威治
发糖、送米、慰问伤员、查体，剧照很祥和
想用共荣的油漆
盖住一层比一层更鲜更亮的血

此时缝进驼毛大衣衬里的八卷四百英尺胶片
正择乘侵略者的军列前往上海
去往美国，去往远东法庭

随园依然战栗，日夜一级防范

抵挡逾墙之贼

西山教学楼外的枪声，南山公寓河边的尖叫

让随园的心骤然短路

11.

她想替这国的民众向地球申诉

她提前构想出了英美盟军

她愿天气怜惜难民，将风调和到适合剪了毛的羊羔

她考察食堂里薄暮般的稀粥

她组织防疫告慰流行病

她筹集着柴草的悲悯

她的抗议书和请愿书企图抵达那些莫须有的良心

她在绿窗帘下写寄往大洋彼岸的信

她在呜咽风声里清点拒不说话的尸骨

她在悲伤里独坐到天明

她的短发和眼镜就终极问题进行讨论

她的长裙寂寞地燃烧

她与乌衣巷莫愁湖一起，唱着同一首哀江南

12.

第二年春天到来得无比艰难

心梗的长江缓缓流淌

缠了绷带的城市慢慢苏醒

黄水仙、紫罗兰、茉莉花、月桂、绣线菊、白头翁

穿过一场雨夹雪

开遍随园的平地和山坡

青蛙在主楼后面池塘里躲过灾祸，又开始奏鸣

她养的莱蒂和朱力两只小狗

热恋上同一只小母狗

太阳还存，月亮还在

行过死荫的幽谷，来到可安歇的水边

复活节传递新生指令

孩子们找到了藏匿的彩蛋

她参考《纽约时报》来缝纫时装

她在课堂上带领大家

齐诵主祷文

13.

可是，她的大脑录像带的齿轮

卡住了，卡在 1937 年之冬

今生再无其他日期

记忆把门反锁

脑力再也不能创造自己的未来

无法进退，不能暂停，惨景播放，永不停歇

只有失忆可以治疗她的 PTSD
删除键却不知在哪里
自由这个词，被哄着套上了笼子的概念
她一遍遍询问上帝，为何允许自己唯一的宠儿人类
退回丛林，跟黑猩猩称兄道弟

明妮·魏特琳教授，或者华群小姐
头发生锈，衣衫疲惫
弹尽粮绝，身上贴了易碎标签
她自己最终选择
拧开了公寓厨房的煤气
主啊，宽恕我吧，我失败了

她在 1941 年的美国
被 1937 年那场发生在中国的暴行
间接地杀死
她是战士，也是遇难者，是三十万分之一
她待在东半球的年数超过西半球
她把九死和一生都丢在了人丁兴旺的中国

密歇根州雪柏德镇

墓碑上镌刻随园平面图

校园微缩，她睡在里面

几行英文簇拥着汉字"金陵永生"

隶书的轮廓原本落寞，在美利坚尤显孤寂

如果再有一次生命，她还会把它献给亲爱的中国

亲爱的随园

14.

多少春夏秋冬又漫过随园

粗大的椴树、重阳木、枫杨、银杏和白栎

保存着年轮的记忆

都在念叨同一个名字

水杉顶端的巢窠，以枯枝、草棍和泥团为材

那是灰喜鹊的安全区

红色廊柱旁恍惚闪过

一个高大端庄的身影

书卷之宁静降伏四面八方

白衫黑裙的女生，如鹿切慕溪水

繁体《申报》和英文《字林西报》

铺展印刷体的公理

此去经年，黛瓦依旧，长廊依旧
大江纵贯滔滔兮广且深
苍天一直在等着大地上人类的表白
随园，曾经的随园
谁主风雅？

2015 年 4 月